亲爱的小孩

长河熠

/

著

黄河出版传媒集团
宁夏人民出版社

图书在版编目（CIP）数据

亲爱的小孩 / 长河熠著. -- 银川 ：宁夏人民出版社，2025. 1. -- ISBN 978-7-227-08073-2

Ⅰ．Ⅰ247.7

中国国家版本馆 CIP 数据核字第 2024LD5644 号

亲爱的小孩　　　　　　　　　　　　　　长河熠　著

责任编辑　杨敏媛
责任校对　陈　晶
封面设计　姵　莹
责任印制　侯　俊

黄河出版传媒集团
宁夏人民出版社 出版发行

出 版 人　薛文斌
地　　址　宁夏银川市北京东路 139 号出版大厦（750001）
网　　址　http://www.yrpubm.com
网上书店　http://www.hh-book.com
电子信箱　nxrmcbs@126.com
邮购电话　0951-5052104　5052106
经　　销　全国新华书店
印刷装订　北京鑫瑞兴印刷有限公司
印刷委托书号　（宁）0031929

开本　880 mm×1230 mm　1/32
印张　5.375
字数　150 千字
版次　2025 年 1 月第 1 版
印次　2025 年 1 月第 1 次印刷
书号　ISBN 978-7-227-08073-2
定价　66.00 元

目 录

亲爱的小孩

壹

　　冰城市刑侦大队办公室，许洋坐在他那张被磨得有些包浆的宽大黑色皮质转椅里，眼睛盯着桌子上24寸台式液晶显示器的屏幕，随着双手灵活地在键盘上敲击，一行行疏密有致的文字出现在了屏幕上。

　　作为一名有着八年警龄的警察，自从警官学院研究生毕业被分配到冰城市刑侦大队，许洋的工作表现始终都极为出色。单单是墙上挂着的十余个用镜框装裱着的省局颁发的荣誉证书就有力地佐证了这一切。而也正是因为这样，如今的他在经过几次破格提升后早早被提拔为了刑侦大队的队长。

　　作为和平年代的英雄，刑警的工作是辛苦的。先不说每天要面对扑朔迷离的案情、生死一线的战场，单单是二十四小时的守护待命就足够令人身心疲惫。无论吃饭还是睡觉，只要有案情发生，许洋和他的战友们就要以最快的速度出现在案发现场，全身心地投入其中，开始紧张的工作。

　　就像是刚刚结案的"一一·六"杀人案，为了侦破这桩案件，刑警们忙碌了近三个月。虽说案件侦破的过程颇费周折，结果也同样令人唏嘘。仅仅是因为刚刚失业的男子误会自己的女朋友和其所在公司老板暧昧，便醋性大发地将二人杀害在地下车库，然后又碎尸抛到了公园湖边的树林里。回想办案的过程，许洋剑眉紧锁，敲击键盘的手猛地停了下来。作为一名警察他时常想不明白，现在的人究竟是怎么了，不是日子越过越好了吗，为什么人与人之间的信任却越来越少了呢……

　　信任……对了，还是给她打个电话吧。她要是发脾气，就和她

道个歉，虽说是男人，但向自己的女人低头认错也不吃亏，何况吵架也是由他先引起来的。

许洋拿起手机，拨通了电话。手机屏幕上闪烁跳动着老婆两个字，然而直到那端的音乐被切断，却始终无人接听。

许洋无奈地叹了口气，拿起白色保温杯起身来到窗前。天色已近黄昏，不知几时下起了鹅毛大雪，在北风呼啸裹挟中纷纷扬扬地洒向大地。他转身望向挂在墙上银色的石英钟，指针不偏不倚地落在了四点半。

东北的冬天黑得可真早。不能怪黄茹不接电话，她现在肯定正在直播间做节目。等写完材料一定得早点回家，免得她时常抱怨自己是名誉丈夫。明明娶了媳妇却又总是不着家，心里根本没有她。说到底，刑警苦，警嫂也不容易。从黄茹当初能扛住父母的施压毅然决然地嫁给他，那天起，他就知道自己必须得好好对待人家。尤其是昨晚刚刚吵完架，今天就更得回去好好表现一下，免得她心里头憋着的气发泄不出来，万一再闹出些毛病就不好了。

昨晚……想到这里许洋的心猛地颤了一下，昨晚的事情说到底还是怪自己，好不容易才回趟家，原本想好好和妻子温存一下，弥补这段时间的遗憾，怎么到了最后却闹得不欢而散？

前一晚，许洋吃过晚饭便早早地洗了澡回卧室，边慵懒地靠在床头看报纸，边等着妻子的到来。不多时，客厅传来一阵脚步声。许洋连忙放下报纸，躺到了床上，微微地闭上眼睛。一会儿门被轻轻推开，黄茹走进屋子，见许洋已经睡下，便拿起报纸放到桌子上，关了灯，屋子里顿时漆黑一片。

许洋见黄茹背对自己躺下，唇边泛起一丝调皮的笑容，将身子猛然压在了妻子身上。透过窗子的朦胧月光洒进屋中，黄茹的脸显得格外温柔可人。

"你不是睡着了吗？吓我一跳。"黄茹吃了一惊，嗔怪道。

"媳妇，我都这么长时间没见到你了，哪舍得睡觉啊！"许洋

亲爱的小孩

打趣地说道。

"嘻，你可是刑侦队长，战斗英雄。要是这话被别人听去，看你臊不臊？"黄茹嬉笑着回应，心情格外的好。

"谁告诉你英雄就没有柔情啊？再说你是我媳妇，谁能管得着咱俩腻歪。"许洋边说着手边迫不及待地向下滑去，"媳妇，咱俩结婚都三年了，哪都好，就是一直没有孩子。别说爸妈着急，我也一样。平时工作忙，要是能有个孩子陪在你身边，也会更心安啊。"他的眼睛里闪着期待的目光。

说到孩子，许洋的心里的确很着急。虽说现在不会再有人说什么'不孝有三无后为大'，但比起同龄人，他结婚本就算晚，如今已经三十五岁了还没有孩子。都说孩子是婚姻的归宿，要这样说来，他和黄茹的归宿又在哪儿呢？

"许洋，我想和你说件事情。"

见妻子忽然握住了自己的手，许洋的心头猛地生出了不祥的预感。

"怎么啦？有啥话非得这个时候说啊？"许洋咧嘴笑笑说道。要是开着灯，估计他现在的脸色一定好看不到哪儿去。

"我现在还不能要孩子……"黄茹迟疑了下说道。

"你说啥？"许洋一怔。

"我说现在还不能要孩子。"黄茹猛然提高了声音，"台里马上就要提我做首席主播了。你知道的，这是我一直以来的理想。"

"所以呢？"许洋声音开始颤抖，等待着对方接下来的话。

"所以咱们现在不能要孩子。"黄茹继续说道，"许洋，咱们还年轻，我还想再拼一拼事业。如果到了四十岁，那真的只能在家里带孩子了。"

许洋不知该说什么，或许此刻任何言语都是苍白的，都无法表达他的心情。他在妻子的注视下站起身来，快步走到门口按下了开关。

灯光骤亮，直射在许洋的肉体上，健硕而有力。

在同行之中，许洋的相貌出奇的俊秀。再加上从警多年的职业

习惯，他的气质更加冷峻。早在上学的时候便有人开玩笑说他是三浦友和的脸混合着高仓健的气质。

要不是职业的关系，或许他们早就有自己的孩子了。

现在许洋终于说服了自己，想要个孩子，并暗中做了很长时间的准备。哪知妻子却一心只想要事业，将计划一推再推，这怎么能让他不生气！

黄茹从被子里爬起，靠在床头，呆呆地看着丈夫。她的头发有些蓬松，表情仿佛是一个刚刚被抓到的罪犯，等待着审问。

许洋从桌上抓起烟盒取出一支烟，用打火机点燃，猛地吸了一口。

"许洋，你别这样……"黄茹搜肠刮肚地找着词，试图说服丈夫。

"黄茹，你还爱我吗？"许洋直视黄茹片刻后，吸了一口烟说道。

黄茹没有说话，只是兀自点了点头。

"那好，你可不可以为了我，为了咱们这个家，放弃你的理想。我知道这很残酷，可是黄茹，咱们年纪都不小了。你想想即使现在要孩子，咱们还能陪他多久？再说你是高龄产妇，比正常产妇风险更大，我真的不想以后留下什么遗憾。"说到这里，许洋的眼睛不禁湿润，声音也有些颤抖。

黄茹沉默地看着许洋，眼神却比先前黯淡了些。

"你早点休息。我还有工作需要处理，去客厅睡了。"许洋边说边抱着被子向外面走去。

"许洋——"黄茹忽然开口叫住他。

许洋猛地停住脚，转过头看着妻子，眼里闪过期待的光。

黄茹却仍是什么都没有说。

期待渐渐消散，失望环绕着许洋受伤的心。

贰

昨夜，许洋独自在沙发上辗转反侧，彻夜未眠。他和黄茹从邂逅到结婚的点点滴滴像放电影一样在脑海中闪现。

许洋和黄茹是通过电台活动认识的。五年前，许洋还是刑侦大队的副队长。那次因为侦破金库盗窃案，他被十几个穷凶极恶的歹徒连捅了数刀，却仍坚持周旋，直至战友们闻讯赶来，才意识模糊地倒在血泊中。

后来这件事在媒体的宣传下成了轰动全城的新闻，他也成了普通人眼中的英雄。

他和黄茹就是在那之后的一次电台采访中认识的。虽说当时他对黄茹一见钟情，但由于职业的特殊和腼腆的性格始终不敢表白。要不是刑警张杰两口子暗中穿针引线，他们今生只怕是要错过了。

黄茹绝对是个好媳妇，结婚三年，对于他的工作一直默默地理解和支持。相较之下，他对这个家的付出实在太少太少。不说旁的，结婚这几年每年春节他都因为办案不能回家，即使是除夕夜都要坚守在岗位上。对此，黄茹从没有抱怨过，每次都用保温饭盒装着热乎乎的饺子送到办公室来。记得她说过，最喜欢看的就是自己狼吞虎咽吃饺子的傻样。

许洋想到这些，心情忽而有些沮丧。他刚刚的确太冲动了，没有从妻子的角度考虑。但是他之所以这么想要孩子，也不是没有原因。许洋没有告诉黄茹，就在上个月，队里的一个战友破案途中因为吉普车突然在冰面上打滑，人和车同时坠入山涧，等到被发现时，

早已没有了呼吸。从事这行就得将生死置之度外。但万一真的有那么一天，不留个孩子，妻子老了该怎么办？

想到这里，许洋又在黑暗中轻轻叹息了一声。

算了，等回头跟妻子好好道个歉吧。黄茹是个大度的女人，会明白的。

交通电台直播间，在导播的注视下，黄茹和搭档佳旭并肩坐在直播台前。

"黄茹姐，你今天的脸色看起来不太好啊，是不是生病了？"佳旭关切地看着黄茹问道。

昨晚和许洋争吵后黄茹彻夜未眠，脑子里乱糟糟的。本来想趁着午休时间好好休息一下，不想又接到了好友周爽的电话，约她下班后去心理诊所。好端端的休息时间就这么没了，她现在只感到身心俱疲，脸色好看才怪。

"我没事。就是昨晚失眠，休息一下就好了。"黄茹轻轻地摇了摇头，掩饰着说道。

"黄茹姐，不说我也知道，你肯定是跟许洋哥生气了。洋哥平时工作那么忙，压力难免大，你还是多担待他些才好。"佳旭笑着劝说道。

"凭什么他脾气急，咱们黄茹姐就得忍着。要我说啊，一次两次行，多了肯定不行。"尽管隔着厚玻璃，但由于不隔音，导播小雅仍听到里面的谈话，忍不住插嘴道。

"放心，我知道该怎么办。下半段节目的时间马上要到了，咱们还是赶快准备吧。"黄茹看了看墙上的时钟，貌似轻松地岔开了话题。

小雅见佳旭瞪了自己一眼，忙吐了吐舌头不再言语。

黄茹和佳旭戴上耳机，直播台里传出了悠扬的轻音乐声。

"大家好，这里是《一路同行》。我是你们的老朋友佳旭，我身边坐着的仍旧是美女主播黄茹。黄茹，来和大家打个招呼吧。"佳旭微笑地看着黄茹说道。

"大家好，我是黄茹。很开心能够和大家重逢在今天下半段的节目里。最近的娱乐圈可谓喜事连连，恋爱的、结婚的、生孩子的……都说幸福需要分享，黄茹在这里祝福每一位听众朋友都能够拥有好心情。不过婚恋路上且行且珍惜。人生不会每天都是大晴天，有时也会有风风雨雨，如果你正处在不利的状态下，不要害怕，努力面对，把握住每一个转机，直到拥有幸福。"黄茹说着，脑海中忽然浮现出和许洋共同经历的点点滴滴。

且行且珍惜，话是没错，只是，身为丈夫，许洋真的是最懂自己的那个人吗？不知为何，她忽然觉得心酸，有些怀疑。

人生就像是开车旅行，外面的风景虽然很美，但又有谁知道下一站将要经历什么，阳光还是风雨？说到底，生活本就是由无数个意外组成的。人们无法阻止意外的发生，只能默默地期待。可是当意外突然来临，哪种方式才是最好的？没有答案，也不可能有答案。

同样没有答案的还有周爽。作为一位小有名气的催眠师，她在黄茹下班一个小时后开始了自己的工作。

此时的她在钢琴曲的伴奏下，坐在沙发床上，静静地凝视着睡眠中的黄茹。

"我数三个数，你缓缓睁开眼睛，然后就能有好心情了"周爽轻声说道。

随着周爽慢慢地数着数，黄茹渐渐睁开了惺忪的睡眼，神情恍

惚地看着对方，过了好一会儿神志才缓缓清醒了过来。

"周爽……"黄茹正欲说话，却被周爽阻拦住了。

"黄茹姐，你最近压力太大了。刚刚说了许多梦话，你应该多进行自我疏导，别让心中堆积太多的负面情绪，你是不是在和许队生气？"

黄茹凝视周爽片刻，无力地点了点头。

"黄茹姐，许队他是好人，工作认真，积极向上，始终都带给别人无限的正能量。我相信他在生活中也一定是一个好丈夫，希望你能和他平和地沟通，我相信你们的日子会非常幸福的。"周爽用和缓的语气劝说道，"作为朋友，我祝福你们。"

说到这里，周爽的声音戛然而止，脸上闪过了一丝落寞。黄茹拍了拍她的肩膀，劝慰道：

"小爽，姐相信你，你也会有那么一天……"

周爽看着黄茹，真诚地笑着："谢谢你，黄茹姐。对了，你陪我去星美咖啡吧，想介绍一个朋友给你认识。"

"谁啊？不会是男朋友吧？"黄茹故意打趣道。

周爽腼腆地笑了，眼里闪过一丝娇羞。

肆

星美咖啡坐落在冰城市的主街上，这里每天的客流量都很大，店里的布置也极为雅致。或许是老板最爱王家卫的作品，不仅墙上挂满了《花样年华》的海报，连装潢也是20世纪30年代旧上海的风格。

此刻，黄茹与周爽坐在靠窗的角落里，边喝咖啡，边漫无目的地聊着天。

"黄茹姐，我知道你工作忙，休息也不规律。但人啊，有时候就得学会自我减压。"周爽端起咖啡杯啜了一口继续说道，"最近我接手了一个奇怪的病例，你猜是怎么回事？"

"怎么回事？"黄茹注视着周爽，好奇地问道。

"一个女大学生爱上了有妇之夫，两个人好了几年。之后女大学生开始每晚做噩梦，梦里总是看到一个中年女人带着一个十多岁的男孩脸朝墙站着。"周爽略带渲染的描述令黄茹无来由地紧张起来。

随着身后沙发上的皮包掉落，黄茹被吓了一跳，发出了"哎哟"一声惊叫。

"姐，你没事吧？"周爽将黄茹的情绪尽收眼底，不动声色地问着。

"我……我没事"黄茹用手轻轻地拍了拍胸口，定了定神又忍不住好奇地问道：

"后来呢？"

"后来，就在这个女孩快要被折磨疯了的时候，她来到我们诊所。经过催眠拍了一段视频，显示每晚将她惊醒的不是什么鬼魂，而是她自己的尖叫，至于她看到的母子鬼实际上也是潜意识里的幻觉。"周爽意犹未尽地解释道。

"哦？那为什么会有这样的幻觉？"黄茹拿起茶杯轻抿了一口后，追问说。

"在这座城市里，每个人都有自己的故事。"周爽说到这里看向窗外，外面不知何时飘起了小雪。"这个女孩的生父在她很小的时候就生病去世了，她的母亲因为无力养活她和弟弟，只能改嫁他人。女孩的继父是一个残暴的人，不仅常常在酗酒后毒打妻子，还在九岁生日的那天晚上性侵了她。"

"啊？那她真的太可怜了。"黄茹同情地说。

"女孩的内心因此失去了安全感。她告诉自己，有一天一定要离开这个家，无论怎样再也不会回来。所以当她进城后遇到了可以

依靠的人，便不顾一切地追求，努力地攀附。同时，她的内心却又是极其传统的，她知道自己的做法注定会给那个可怜的妻子和孩子造成巨大的伤害，心中始终愧疚，因此才会做那么多奇怪的梦。唉，说到底都是可怜人啊……"

周爽说着，不知为何，眼神中满是抑郁与落寞，好像是在借别人的故事，发泄着自己的情绪。黄茹静静地看着她，没来由地感到心疼。此刻，她真的很想抱抱面前这个脆弱的女孩，用自己的体温给她些许温暖。

当许洋走进星美咖啡的时候远远看到周爽在向他招手，笑着打了一声招呼，向两个女人走去，很显然黄茹并没有料到许洋会出现在这儿。

"小爽，他怎么来了？"黄茹瞥了一眼许洋，讶异地问道。

"是我打电话给许队，要他来的。咱俩在外面吃晚饭，你丢下他一个人在家也不好。"周爽笑着说道。

黄茹看了一眼周爽，刚想继续说下去，许洋已经来到她们面前，见周爽给自己使了个眼色，便又保持沉默。

"周爽，好久不见了，最近还好吧？你黄茹姐天天念叨你，有空来家里玩啊。"许洋略显客套地对周爽说着，双眼却始终盯着黄茹。

"许队，请坐！我和黄茹姐都念叨你好半天了。"周爽见黄茹侧着身子故意不理睬许洋，便笑着说道。

许洋坐在了黄茹的身边，见妻子始终不理睬自己，便自顾自地拿起了一杯浓茶，猛地喝了一口，随后发出了一连串震耳欲聋的咳嗽。

"你不要命了，知不知道自己有胃病，喝浓茶不好。"黄茹抢过许洋手中的茶杯，生气地说道。

"你管我做什么，我爱怎样就怎样，反正是我自己的身体。"许洋孩子似的赌气说道，"平时加班喝黑咖也不见得就不行，现在喝点浓茶没必要这么大惊小怪的。"

黄茹见许洋如此任性，心中不由得动起气来，然而终归外人在场也不好表现出来，瞪了他一眼后便也不再说话。周爽见状也只能笑笑，不知该说些什么才能缓和气氛。

三个人就这样沉默地坐着，空气中隐约有种尴尬的味道。

"对不起，我来晚了。"一个熟悉的声音忽然传到耳畔。

周爽微笑着迎上前去，挽住了对方的手臂，一副小鸟依人的模样。

"许队，黄茹姐，我来给你们介绍下，这位就是……"

"林放？"黄茹冷冷地用鼻子哼了一声说道。

林放讶异地打量了半晌，唇边泛起一丝笑容，声音仍极为温暖："许洋、黄茹，没想到能在这里见到你们，真是太巧了。"

"是啊，的确太巧了。"黄茹边说边站起身来，将包抓到手中说道，"我台里还有事情，对不起失陪了。"

说完她不顾许洋劝阻，快步走出了咖啡厅。许洋见状只好匆忙地道歉尾随而去，原地只留下了一脸阴郁的林放和满头雾水的周爽。

街上，黄茹气呼呼地向前走着，任凭许洋如何喊她却始终不回头。许洋没有办法，只得骑着摩托车来到黄茹面前，一把拉住了她的胳膊，毫不知情的路人见状纷纷侧目过来。

"黄茹，你这是干什么？当着周爽的面，好歹应该给林放留些面子。"许洋有些生气地说道。

"面子？他还需要面子？我问你，他对得起娟娟吗？刚刚离婚就在这里跟周爽打情骂俏。"黄茹瞪着许洋，"看样子你早就知道这件事了吧？要不然怎么会这么镇定！"

"我和你一样，也是刚刚才知道的。"许洋解释道，"黄茹你冷静些，听我说，无论你怎么想，结果都是一样。事情既然已经发生了，咱们也阻挡不了，又何必闹得大家都不开心呢！"

"顺理成章？对不起，我没有许队宽容大度。以爱的名义硬逼着别人生孩子，也不管对方愿不愿意。"黄茹冷冷地说道，"说到底你们男人都是自私的，没一个好东西。"

许洋身子一震，瞬即脸色惨白，怔了一下缓缓收回拉着黄茹胳膊的手。黄茹瞪了他一眼，快步离去。

许洋看着她的背影消失在街角，气恼地踢倒停在身边的摩托。

伍

黄茹说得没错，直至离婚半年后的今天，丁娟娟也还是想不明白。从大学二年级相恋到现在她和林放一道携手走过了十一个春秋。这些年虽也有过争吵，红过脸，但是这样的结局却是她从未想过的。林放，本市最著名的青年心理医生，这么多年来一直都在扮演着好儿子、好丈夫、好父亲的角色，为什么会劈腿别人，导致现在的结局。

或许有一天，他还会回到自己身边的吧？至少为了孩子，他也会选择复婚吧？丁娟娟情绪脆弱时，便会看着尚在牙牙学语的皓博心中这样安慰自己。

超市门前，促销的商家大声放着欢快的歌曲，给街道增添了浓浓的喜庆与热闹。不知不觉，又是一年元宵佳节了。东北的春天较之南方来得晚了些，现在虽已是三月初，但路面的冰雪仍未融化，泛着星星点点的亮光。

白色奥迪轿车里，丁娟娟的眼睛跟随拿着大包小裹不断进出的人们来回移动着。须臾，她侧过头看向坐在副驾驶位置上的皓博，温柔地说道：

"儿子，妈妈要去趟超市，你在车里乖乖等妈妈，不要乱动哦。妈妈去买你最爱吃的元宵，咱们一会儿爷爷家。"

皓博没有说话，只是看着妈妈笑。丁娟娟觉得，破碎家庭中的孩子善良而又敏感，和别的孩子相比，他已经过早的懂事，虽然话还说不太完整，但已经学会了体恤妈妈。丁娟娟这样想着，感到特别欣慰。

丁娟娟走下车子，进入超市前仔细地按下了车门锁，确定万无一失这才向前走去。可她却没有想到，就在自己身后不远处的另一辆蓝色车子里，一双眼睛正紧紧盯着她，目光中满是压抑的愤怒与决绝，就像一座历经千百年的死火山，只要稍一启动，随时都有可能喷发熊熊熔岩。

电台直播间，丁娟娟突如其来的电话搅乱了黄茹平静的心，接踵而来的消息带给她的竟是强烈的震惊与莫大的恐慌。

"娟娟，你先冷静下，发生了什么事？"听着话筒那端丁娟娟难掩的哭声，黄茹心中一阵焦急。

"我把车停在超市门口，让皓博在车里等我。出来后发现车没了，孩子也丢了。黄茹，要是找不到孩子，我也就只能死了。"丁娟娟语无伦次地说道。

黄茹听着丁娟娟的哭声，心顿时悬了起来。作为娟娟的好姐妹，皓博的干妈，她知道这件事情的后果有多严重。为了尽快找回孩子，她让佳旭安慰着娟娟，自己来到导播间外面的走廊用电话与台长取得了联系。

"盗车案性质非常恶劣，必须要让罪犯受到惩罚。我建议将今天的节目全部停掉，由你们滚动式进行追踪报道。对了，我现在就和公安局联系，争取让刑侦大队尽快立案侦查。你们也可以发挥媒体的力量，争取让广大市民一同帮助寻找孩子的下落。"电话那端，台长斩钉截铁地说。

"谢谢台长。"黄茹感激地说道。放下电话后，她走进门来拍了拍小雅的肩膀，又对着直播间里的佳旭做了一个 OK 的手势。三个人心照不宣地互看一眼，便投入到了紧张的直播工作。

"各位听众朋友，这里是《真情在线》特别节目。刚刚我们接到了一位丢失孩子的母亲的电话，车型是白色奥迪 A6，车牌号是冰

A00036，如果您恰巧行走在街道上，主持人恳请您留意身边经过的车辆。盗车的人，我们相信你还有一线良知，只是在冲动下才做了错事，希望你能体恤一位失去孩子的母亲心情，尽快把孩子送回来，在这里电台代表孩子的母亲向你表示感谢。另外，家里有相同车型的朋友，请你们不要开同款车上路，以免给警方和爱心车队造成不必要的干扰。同时也请寻找孩子队伍中的司机朋友，从现在开始打开车前双闪，让我们可以通过监控录像看到你。"

在媒体的滚动播放中，越来越多的热心人士加入了寻找孩子的队伍中。

公安局在得知消息后，迅速组建了"三五"重案组，由许洋任组长，公安局副局长石瑶坐镇指挥。一场震惊全城的盗车丢婴案追缉工作就此拉开了序幕。

医学院阶梯教室里，学生们在屏气凝神地听课，讲台上的林放身着一身笔挺的黑色西装侃侃而谈，神采奕奕、气宇轩昂。

"犯罪心理学通常是指罪犯群体在犯罪活动中的心理变化过程。早期症状为精神压抑、胜利恐惧、骄横跋扈及奢侈四种症状。"林放边在玻璃黑板上写下漂亮的板书边说道。

在北方男人中，林放的身高并不算高，大约一米七五左右，五官要是单拿出来也并不突出，但组合搭配在一起却显得极有韵味。国字脸，浓眉，单眼皮，一双不大不小、黑白分明的眼睛，特别是他阳光般的笑容和深深忧郁的目光组合在一处，显得更加具有绅士风度。让他和医学院其他男教师比起来更受女生青睐。

"老师，您能举个例子吗？"一个女生问道。

林放笑道："一个人如果长时间处在紧张压抑的情绪当中，他就可能形成仇视或报复的心理。大家应该知道那起震惊全国的复东大学生投毒事件吧，犯罪嫌疑人就是因为长时间对同寝室友不满，产生紧张的负面情绪，才导致案件最终发生。所以，大家一定要随时调整好情绪，不然很有可能下一个案犯就是你。"

同学们哄堂大笑。

"那还有没有更加简单明了的例子？"女生仍有些茫然地问道。

"大家都知道我最喜欢的歌曲是《老情歌》吧，以前我接受你们的邀请，去 KTV 唱歌的时候也曾唱过这首歌。这和我的个人经历有关。很多事情都在悄悄发生着变化，但只要你心中有坚持，又或许有一天一切会再变回来。"

"老师，我曾在《秘密》那部书中看过类似的描述，您刚才说的就是吸引力法则吧？"

林放点点头，淡淡地笑着。一个名字忽然从他的心头掠过，随之痛楚从心中蔓延，在空气中扩散，变得愈加强烈……

就在这时，他的手机铃声忽然响起，教室里快乐的氛围瞬间被打破。

林放按下了拒接键，想继续讲课，谁知手机铃声却一直响个不停。最后，他不得不歉意地向同学点了点头，推门来到走廊在通电话后，压低声音问道：

"你好，我们是市公安局刑侦大队。请问你和林皓博是什么关系？"

"他是我儿子，怎么了？"林放的心中生出了不祥的预感，急急地说道。

"下午的时候孩子和他妈妈去超市时孩子当时在车里丢失了，现在你妻子已经报警，我们警方也在全力寻找。希望你能尽快来趟公安局，协助我们调查……"

林放的脸色瞬间变得惨白，拿着手机的手也情不自禁地颤抖了起来，还未等那端的话说完，他便推门向学生摆了摆手，转身跟跟跄跄地向外面跑去。

陆

等待的时间是漫长的，也是煎熬的。黄茹深知丁娟娟内心的焦灼与苦楚，因此当节目间隙小雅拿着给大家订的盒饭走进直播间时，她立刻拿起一盒饭走了出去。

一楼休息室，丁娟娟垂着头，有气无力地坐在椅子上。此刻她的脸色苍白得就像是一张纸，令人感到害怕。

黄茹轻轻地摇摇头，来到了娟娟身边坐下，将手里的饭盒递到对方面前，随即紧挨着丁娟娟坐了下来。

"娟娟，吃点东西吧。"黄茹柔声说道。

"我不饿。"丁娟娟声音极低。

"那怎么行？你已经一天没吃东西了，这样下去身体会垮的。"黄茹安慰道，"总不能孩子找回来了，你却病了。"

丁娟娟看着黄茹，目光中燃起一丝希望。

"黄茹，你说孩子还能回来吗？"丁娟娟张了张嘴，声音沙哑地探问道。

黄茹将饭盒打开，把一次性筷子掰开放到了丁娟娟手中，柔声但坚定地说道：

"放心吧，许洋他们一定会把孩子找回来。相信我！"

丁娟娟静静地看了黄茹半晌，在对方的注视下，拿起饭盒大口地吃起了饭，黄茹见状，内心稍稍安定了些，但突然就听到丁娟娟发出一阵撕心裂肺的咳嗽，两行清泪不受控制地流了下来。黄茹揽着她的肩头，轻轻地拍着，却一时说不出话来。

高速路口，在夕阳余晖的照耀下，几辆警车前后排开。为首的一辆警车里，许洋和刑侦副队长张杰边啃着面包，边专注地盯视着他们面前的车辆。

"洋哥，我当警察这么多年，还没见过这么粗心的妈妈，上个超市都能把孩子丢了。"张杰嘴里评论着，眼睛仍紧紧地盯视着前方，就像评论有趣的八卦，"现在的人也是，你说偷钱偷车也就算了，怎么连孩子都能偷？而且人家孩子明明是在车里锁着，这偷车贼的胆子可也是够大的。"

许洋瞥了张杰一眼推开车门走下警车，用打火机点燃一根烟，深深地吸了一口。夕阳的余晖将他的警服染成了金色，脸庞显得更加刚毅。张杰见状，也跟着下了车子。

"你少说两句吧，她家的情况我最了解。"许洋边吸着烟边说道。

他转过身见张杰正瞧着自己，便又继续说道："孩子他爸是我的发小，咱们市著名的青年心理医生，因为医术高超，曾经受到过省市领导的接见。孩子妈妈是你嫂子的大学同学，毕业后留校教英语。本来两个人的感情挺稳定的，不知道为什么就突然离了婚。不过男的是净身出户，把所有的财产都留给了女方。唉，已经够不幸的了，谁知道现在又闹出了这档子事。"说完他郁闷地摇了摇头。

张杰也从烟盒中抽出一根烟，点燃吸了一口后，微微皱了皱眉说道："说到底家家都有一本难念的经。对了，洋哥，你和我嫂子咋样了？恢复友好邦交了没？"

许洋没有说话，他见烟快要燃尽，便将烟蒂扔到了地上，用脚狠狠地碾灭。

张杰见状继续劝说道："洋哥，嫂子可真是个难得的好女人。你俩结婚以后她是怎么对你的，这一桩桩一件件大伙儿可都是瞧在眼里的。而且上次要不是她，我媳妇那急性阑尾炎哪能那么快就得到医治啊。要我说，咱们当男人的和媳妇道个歉不丢人，等案子结了你就回去哄哄她。"

许洋刚要说话，突然一辆蓝色东风凌智轿车在他们面前停了下

来，车窗缓缓摇下，周爽从里面探出头来，笑着问道：

"许队，执行公务呢？"

许洋来到周爽的车窗前停住脚步，往里面望了望。车里一切如常，除了后排座稍显凌乱外，没有任何可疑之处。

"周医生，去哪儿啊？"许洋微笑寒暄道。

"滨海市心理协会邀请我去讲课，周末都得在那儿待着了。这不，时间紧张我也没在网上买到票，只能开车去了，好在路程不远。"周爽解释着一脸无奈的笑着道。

许洋微笑着退到了一旁。在他的注视下，周爽驾着车子缓缓离去。张杰凑到许洋身边，顺着他的目光好奇看去。

"洋哥，这个女的是谁啊？长得真漂亮，你们好像很熟啊。"

"她就是孩子他爸现在的女朋友。"许洋喃喃说道，眼神中掠过一丝莫可名状的光。

张杰听了这话，诧异地转过头去看向了许洋。许洋见他盯着自己，点了点头，给予了肯定的答复。

周爽家，夕阳的余晖暖暖地洒在墙上，给屋子里增添了几许温暖。周爽哼着小曲端着饭菜走出厨房，此时距离许洋在高速路口见到她已过去了两天。上个周末，她一直在滨海市做培训工作，直到下午回到家。刚到小区，她便给林放打了电话，要他今晚早点回家，她要给他一个大大的惊喜。

外面传来了钥匙开门的声音，周爽开心地来到门口，当林放推开门走进来后，她便像小鸟一般扑进了他的怀中。

"老公，上班辛苦了。我都听小菊说了，今天你那边的病人特别多。"周爽将林放拉到了桌旁，随后轻轻一推，林放便坐在了椅子上。

林放望着满桌的菜肴发了一会儿呆，无声地拿起啤酒罐，默默地打开一罐放到自己面前，又打开一罐放在了周爽面前，接着仰起头，将啤酒一饮而尽。

"老公，你今天是怎么了？"周爽见林放又要打开第二个啤酒罐，连忙拉住了他的手。

"你让我喝。"林放已经有些醉了，话音变得含糊起来。

"我知道你心里烦，气我不同意把皓博接过来跟咱们一起住。"周爽笑着说道，"我这两天也在反复想这件事，后来终于想通了。之前确实是我太任性了，没有从你的角度考虑。咱们明天就去把孩子接过来，你放心，我一定会好好待他的，就像自己的亲生儿子一样。"

"谢谢你，小爽。不过，不用了……"林放痛苦地说道，随后拿起啤酒罐。

周爽没有说话，只是诧异地看着林放，不明白他这句话的意思。

"皓博丢了，我刚从公安局回来。"林放声音低沉，眼角泛红。

"皓博丢了？"周爽讶异地说道。

此刻林放内心的痛苦与自责无法用语言形容。作为孩子的父亲，他承认，自己没有尽到应尽的责任。自从他与丁娟娟离婚便再没有回去探望过这对可怜的母子。起初是自己不敢面对过错，继而是由于周爽的刻意阻拦。他知道周爽并不是个大度的女人，而在气头上的丁娟娟也绝不会贸然就将孩子交给自己，为了看一眼孩子，也为了看一眼心爱的女人，他每天都默默地等待在小区门口，而后再神不知鬼不觉地离去。而且，他的心中一直存有一丝侥幸，或许等过一段时间所有的困难就会过去。可是孩子的丢失却给了他一记重重的耳光，林放终于发现自己内心的懦弱和欲望如魔鬼般吞噬了良知。

在经过了漫长的煎熬与等待后，黄茹和丁娟娟终于艰难地等到

了结果。这一天早晨，岭南村村民在自家院前的柴草堆里抱柴火时发现了孩子的尸体，连忙报案。等到许洋带着刑侦队的人开了三个小时的车赶到岭南村，才知道孩子是被人残忍勒死的，为了不让他发出声音，犯罪嫌疑人还丧心病狂地用透明胶贴住了孩子的嘴，或许在生前曾经历过一番激烈的挣扎，只剩下了右脚的鞋子，在案发现场不远的地方刑警发现了散落在地上的一只黑色男式手套。

乡卫生院，当几天没有合眼的丁娟娟在黄茹的陪同下赶来，看到白布单下盖着的皓博时，再也经不住悲恸的打击，瞬间晕了过去。或许是不愿意面对丧子的强烈痛苦，也或许是想要逃避现实的黑暗残酷，当她再次醒来时已疯疯癫癫，语无伦次。

医院病房，当林放看到丁娟娟疯疯癫癫抱着枕头不肯撒手，嘴里不断唤着皓博名字的时候，心中突然生起强烈的自责。黄茹说得没错，在整件事情中他确实有着不可推卸的责任。天理昭昭却又不公，难道父亲有罪就一定要儿子来承担吗？如果自己能够一直守在妻子身旁还能发生这样的事情吗？如果可以，他宁可用自己的性命来弥补，也不愿意面对现在的结果。可是，现在面对眼下的一切，当这一切都发生了，他真的还有弥补的机会吗？

内心无比痛苦的林放只有抱紧丁娟娟，任凭她在自己身上拼命地捶打，痛苦地号哭。

"娟娟，你要怎样都行。是我不好，我对不起你，对不起儿子……"林放流着眼泪喃喃自语道。

同样因为皓博而精神备受折磨的人还有黄茹，她属实想不通皓博为什么会遭此毒手，他还那么小，就像从天堂派到人间救赎人性的天使一般纯真善良，到底是怎样的恶魔对他伸出利爪，丧失了内心最后的一丝善念。如果可以，她真的愿意做些什么，就算是人类对天使最后的祭奠。

公安局刑侦大队办公室，在刑警们的注视下，许洋播放着幻灯片，随着他不断地在键盘上敲击，身后原本空荡荡的墙壁此刻变成了硕大的电脑屏幕。切换着带有血腥的现场图片。半晌，PPT终于播放完，警员们仍沉浸在对案件调查的思索中。

"许洋，跟大伙儿说说目前案件的调查情况。"局长石瑶看着许洋说道。

作为他手下最得力的干将和弟子，一直以来，他对许洋的为人和工作能力都非常肯定。

"刚才幻灯片应该都看清楚了，初步判定，这里是一个抛尸现场这个犯罪嫌疑人手法高明。在案件现场并没有留下他的犯罪痕迹。"许洋拿起桌子上用塑料袋精心塑封过的手套说道，"这只手套也是新的，手套上没有提取到DNA另外昨天夜里下了一场大雪在抛尸现场，也没有找到车辆的痕迹。所以，案件侦破还是有难度的。"

正当警员们小声议论时，办公室的门突然被人推开。黄茹急冲冲地闯了进来。紧跟着，张杰气喘吁吁地出现在了黄茹的身后。

"许队，对不起，我没能拦住黄茹姐。"张杰尴尬地说。

"这事不怪张杰，是我非要见你的。"黄茹解释道，"石局您好，电台派我来参与"三五"案侦破的跟踪报道工作。"

"胡闹，侦破哪能是谁想参与就参与的。黄茹，你的心情我们能理解，不过你还是回去等消息吧。"许洋起身走到黄茹面前，态度坚决的说。

"我不走，是领导让我来的，你没有权利赶我走。我想许队也知道，我和受害人丁娟娟是大学同学，了解她的情况，我相信我的协助对这次案件侦破一定会起到作用。"黄茹说得斩钉截铁，没有丝毫退缩之意。

许洋听张杰这么说，心里不禁犹豫。作为丈夫，他是最懂她的人。只要她做出的决定，无论有多大的困难也应该支持。此次也不例外。

石瑶轻咳了一声，对许洋说道"黄茹是电台派来工作的，你少啰唆。黄记者，我们正在开案情分析会，你也参加吧。"

黄茹点了点头，说了声好。

捌

　　黄昏的小巷鲜有行人经过。林放痛苦地向前走着，脑海中不断闪现刚才发生的一幕。半个小时前，他在客厅里帮助周爽看病历的时候，无意中碰到了她那件新买的藏青色大衣，从大衣口袋里居然掉出了一只蓝色带有变形金刚图案的小鞋。一看到鞋子，他大脑瞬间一片空白，耳畔只剩下嗡嗡的鸣响，四周的一切也随之模糊起来，只有鞋子在眼前无限地放大。这只鞋子他再熟悉不过了，是去年刚入冬时在市百货大楼里买给儿子的，颜色、图案都是儿子最喜欢的。皓博最喜欢《变形金刚》动画片，每当电视台播放，他都会坐在床上目不转睛地看着。等到动画片播完，便连蹦带跳，模仿着里面的情节比比划划："唧唧咔咔，擎天柱变身。"

　　林放盯着茶几上的鞋子，好半晌才缓过神来。两侧太阳穴却仍是一跳一跳钻心的疼痛。这天下午周爽给他打来电话说有一个情况极其特殊的病人需要帮忙诊断，听对方的语气很急，因此林放只好急忙回家。谁知道竟然就发现了这个。

　　难道周爽前几天会主动提出要将皓博接过来同住，她一定当时就动了杀心……？可是，她是那样善良、单纯的一个人，平时连杀鱼杀鸡都不敢看，又怎么可能会对一个孩子下毒手林放摇了摇头。

　　小巷，林放失魂落魄地向前走着。忽然，他停住脚步。目光移到了马路对面正在倒垃圾的一位老人身上。老人见他看着自己，便也直起身子，惊讶地看了过来。

　　"放儿，你回来了。"老人很是意外。

　　"爸……"林放看着老人，视线不禁模糊。

林家小院,林放在林海生的引领下走入院中。院子被父亲收拾得干净整洁,虽然常年在此独居,地面却也被扫得干干净净。几只鸡鸭在暖洋洋的阳光中慵懒地晒着太阳,打着盹,角落里的柴棚里整齐地堆放着木头棒子。

"放儿,咱们……进屋吧。"林海生打开屋门转身看着林放,激动地揉搓着双手。

"嗯。"林放答应着随父亲走进小屋。

小屋的举架很低,在四周豪华林立、气势恢宏的公寓大厦对比下显得极为简陋。屋子里的摆设也极为简单,除了炕上叠放着几床发黄的被褥,旁边的柜子上摆放着必需的生活用品外,最显眼的就是挂在墙上、用旧式木制相框装着的照片以及那张时间标注为一九八五年元月的先进工作者奖状,奖状同样是用木框装裱的,虽然因为年深日久而有些泛黄,但仍旧被主人擦拭得一尘不染。

林放站在相框前仔细地辨认着照片中的人。照片是按他从小到大的顺序摆放的,照片下都贴着一张纸条。"放儿一周岁""放儿九岁生日""放儿十六岁"……

林放看着相框中那张被放成八寸的全家福照片,那是他们一家三口唯一的合影,是他六岁时拍的。照片上的林放被年轻的父亲抱在怀中,母亲则把头轻轻倚在父亲肩上,三人的表情特别和谐,非常甜蜜。

"放儿,上炕吧,炕上暖和。"门帘一挑,林海生端着菜盘从外面走了进来,表情显得有些局促,又小心翼翼,有一点讨好的意味。

林放静静地看着父亲,一动不动。见此情景,林海生叹了口气,从衣兜里掏出一方略微发黄的手帕在炕上擦了擦,对林放说道:

"放儿,放心坐吧,这炕不脏。"林海生讨好似的说着,他见林放仍没有上炕的意思,忙又小声补充道,"爸把这炕擦干净了。"

林放一阵鼻酸，缓步走到炕边，脱掉鞋子上了炕。

"爸，吃饭吧。"林放在炕头的饭盆里盛了两碗饭，表情稍显僵硬。

林海生先是一怔，继而露出会心的笑容。他先前被诬陷为强奸犯被捕入狱了十年，没能陪伴儿子长大。也因此儿子始终不肯原谅自己。但终究父子连心，林放如今这般有出息，是林家的骄傲。今天儿子能抽空来看自己，做父亲的已经很满足了。

"放儿，咱们喝点儿酒吧。"林海生从柜子里拿出珍藏了很多年的刀子酒，给自己倒了一碗，又小心翼翼地问林放，目光中满是恳求。

"爸，我陪您一起喝。"林放见父亲这样，心中不禁一软，将碗伸到他面前，就像小时候一样。

酒当真是解愁的佳品。很多深埋在心底一直不敢说的话都可以在酒精的麻醉下肆无忌惮地说出。酒过三巡，林放紧绷的神经变得松弛下来，眼前的景象也随之缥缈。借着酒劲儿他大声地诉说着父亲的冤屈、母亲的病逝、家庭的破裂以及自己在成长道路上所受的委屈。尽管语无伦次，却也是发自内心最真实的表达。从前林放只是儿子，无法体会父亲最深沉的爱，现在他成了一个父亲，而且是一个刚刚失去爱子的父亲，这世间的所有又怎能不看得更加透彻。爱，不是指责，而是包容。

"放儿，皓博还好吧？爸还是去年中秋的时候见过他，下次你来能不能把他带来，爸很想他。"林海生放下酒盅认真地说。作为老人，本该儿孙承欢膝下，然而由于年轻时所经受的苦，到如今却还是形单影只。

"爸，我没办法把他带来了。皓博……皓博他出了点事。"林放说着，只感到两肋针刺一般的疼痛，心脏也跟着剧烈颤抖了起来。

"出事？"林海生一怔，随后笑道，哦，爸知道了，娟娟之前来看过我，说你们离婚了，她想带孩子出国生活。放儿，这件事归根结底是咱的责任，娟娟那么好的媳妇，哪能说离就离。既然咱有错，那就得认，就得改。"林海生说到这儿，话头稍一停顿，又继续说道，

"爸想如果你妈还活着也一定是这么想的。"

林放听父亲这么说，心里一阵难过，低头号啕大哭起来，哭得撕心裂肺。

"放儿，你到底是咋的了？说话啊。"林海生焦急地问道。

"爸，是我对不起娟娟，对不起孩子，也对不起你……孩子没了……我也不想活了……"林放像孩子般地哭号道。

林海生震惊地看着林放，正想继续追问，林放却由于喝了太多的酒加之情绪激动，忽然晕了过去。林海生赶紧扶住儿子，用手掐住他的人中穴，看着昏迷的儿子，想到没了的孙子，他不禁老泪纵横。

玖

入夜，林海生看着熟睡中的林放陷入沉思，往事历历在目，他不禁恍惚起来。

和冰城市大多数家庭一样，林家原本非常和美。林海生当年是造纸厂的保卫科长，妻子刘璐是厂里的会计，儿子林放在向阳小学读学前班。虽然只是普通的工薪阶层，但由于夫妻两人工作认真，儿子聪明可爱，一家三口享受着专属于他们的快乐。

如果不是那场突然飞来的牢狱之灾，或许他们的人生会一直如此完美。

尽管事隔多年，林海生仍清楚地记得，那是八五年秋天的一个中午，他尿急去上厕所，突然听到大墙外面的玉米地里传来了女子的尖叫和打斗声，林海生来不及多想，急忙翻过工厂大墙，钻进玉米地。等到他赶到现场，犯罪嫌疑人早已逃走，地上只有一个赤裸

着下身，昏迷中的女人。在公安机关，那个醒来的女人不仅没有感激林海生的救命之恩，反倒一口咬定他是犯罪嫌疑人。那个时候还没有DNA检测技术，林海生百口莫辩，最后被判了十年徒刑，进了监狱。

林海生入狱以后，刘璐和林放在众人的目光中抬不起头来。生活的重压使得刘璐得了重病，医治无效去世。林放在母亲去世后吃尽了苦头，幸亏政府和善良的邻居们救济，才等到了父亲冤案平反的一天。

但是这样的经历让林放的性格中也留下了偏执懦弱的特质，虽然在读大学时选修了心理学专业，但是他的自身问题却一直没有得到彻底解决。

幸亏林放遇到了娟娟这么一个温柔、善良、一心爱着他的妻子，并且两人还生下了皓博这样一个可爱的孩子，自己的心里才感到欣慰。

虽然林放对他总是不冷不热，但这也怪不得儿子，谁让是自己对不起孩子呢。

林海生想到这里，站起身来，给林放掖好被子，忽然他发现儿子的手里不知什么握着一只小鞋，他轻轻地将鞋子拿过来端详，忽然想起来自己以前好像看到过这样的鞋子。他忽然想到，前段时间去娟娟那里看孙子，孩子脚上就穿着这样一双鞋子。

这几天，他连续从收音机里听到有孩子丢了的消息，听说这孩子脚上只穿了一只鞋子，自己当时并没有太在意，谁知道这个孩子竟然是自己的孙子。想到这里，林海生的心里不由得一阵心酸。

可是这只鞋子怎么在林放的手里，林海生的心被紧紧地揪了起来，他知道儿子是因为被一个女人缠上才狠心抛下了妻儿，但不至于为了讨好那个女人杀掉自己的儿子吧，这可是林放身上掉下来的肉啊。可是儿子的性格是偏执的，说不定真会为了那个女人杀了自己的儿子，公安早晚会破了这个案子，那可就犯下死罪了。想到这里，他只觉得一阵眩晕，坐在了炕上。是的，绝不能见死不救，虽然儿子做下的事情猪狗不如，但绝不能眼看着见死不救。包庇儿子虽然违法，但是自己以前曾经对不起儿子，那就算作是对林放的补偿吧。

清晨，当林放从睡梦中醒来看到桌子上摆着饭菜和一封信，他拿起信来一看双手不由自主地颤抖了起来，爸竟怀疑是自己杀了皓博，代替顶罪，爸爸真是糊涂了，虎毒尚不食子，他又怎么可能杀了自己的儿子？真是荒唐！想到这里，林放来不及多想，慌慌张张的跑出院子，身影转瞬消失在了巷口。

拾

看守所院外，在林放的注视下，林海生被两名身穿警服、头戴钢盔的警员押解着步履沉重地走进院子。

"爸。"林放失声喊道。

林海生听到林放的声音，蓦地停住脚步，转身看向儿子。片刻后，他的唇边泛起了一丝微笑，随后毅然决然地转过身，快步向前走去。

看守所审讯室里光线昏暗，许洋、张杰与林海生相对而坐，许洋讶异地看着低头沉默不语的林海生。

"林伯，您说自己是杀害孩子的凶犯，那我想知道这作案动机是什么？据我所知您是非常喜爱皓博的。"许洋看着林海生说道。

"许队，你也知道，我家林放和丁娟娟离了婚，孩子被法官判给了他妈，我不能这么眼睁睁地看着孙子成了别人家的人，我之前也和丁娟娟谈过，希望她能够看在我这个老头子的情分上把孩子的抚养权还回来，但是无论怎么说她都不肯，没办法我也只能将孩子偷出来，谁知道中途却出了意外。"林海生低着头，脸上表情一如既往的平静。

许洋直视着林海生的眼睛，作为一名办案经验丰富的警察，他知道，林海生在说谎。虽然对方表面上言辞凿凿，却始终不愿与自己对视，分明是隐藏了很重要的信息。

"林伯，您说皓博是你杀的。但我总觉得疑点太多。第一，您虽然说了作案动机，但没有交代时间和作案工具。第二，您说是您将孩子捂死的，但实际上在尸体的脖颈处却有一道紫红色的勒痕，第三，也是本案最关键的地方，您认识这副手套吗？"许洋说着从桌上将装着黑色手套的塑料袋拿到了手中，让林海生辨认。

张杰起身走到林海生面前，将手套递给了他。

"这副手套是我新买的，那天实在太着急了，所以把它落到了现场。"林海生拿着手套看了看，接着又看向了许洋。

"那好，您能告诉我手套的尺码是多少吗？"许洋追问着。

"L 码。"林海生肯定地说。

张杰和许洋听后互视了一眼，眼神中闪烁着莫可名状的光芒。

"林伯，我不知道您为什么一定要这么做，但我相信您一定是有苦衷的。很遗憾，这副手套是 M 码，并不是您的。"

林海生身子猛地颤抖了一下。

许洋拿着一杯水来到他面前，递了过去。

"林伯，我知道您当年是被冤枉的，那些年里无论别人怎么说，但我始终坚信您是好人。我知道这一次您也一定有苦衷。我和您一样，希望能够早日把案子查清楚，尽快还皓博一个公道，让罪犯受到严惩。林伯，您在我心中就像父亲一样。希望您也能够相信我，正义永远不会缺席。"许洋郑重地说。

林海生看着许洋，欲言又止。

"张杰，你带林伯去休息吧，记得一定要在招待所给他找最好的房间。"许洋对张杰命令道。

"许警官，我说的都是真的，大伯求求你，判刑吧。"林海生在张杰的陪同下向前走了几步，忽然停住脚步恳求道。

在许洋的注视下，二人一前一后地离开了。确定脚步走远，许洋来到桌前疑惑地坐下，拿出打火机点燃了一根烟。

林伯今天的表现是真让人意外，明明不是他，为什么要这么急着顶罪？难道……难道是？

想到这里，许洋心头猛地一紧。一个名字忽然浮现在他的脑海里。

林放？

冷月的余晖洒在小区的上空，幢幢楼群闪烁着灯光。

周爽家客厅，电视机的声音被调得很大，屏幕的光芒在黑暗之中跳动闪现。周爽吃着爆米花，时不时因为幽默的剧情捧腹大笑。

门突然发出了响声，把她吓了一跳。

"老公，回来了。"周爽来到门口，迎接着晚归的林放。

林放换好鞋子，漠然地看了她一眼走进卧室，随后便抱着干净的内衣裤走进了卫生间，不一会儿，从里面传出了哗哗的水声。

"老公，你不是想买运动装吗，我今天路过商场的时候给你买了两套，等会儿洗完澡看看喜不喜欢。"周爽站在卫生间门口略带讨好地说。

卫生间仍旧只有水声。

"周末有空吗？咱们好久没去看你爸了，要不买点东西去看看他吧。"周爽见林放不说话，心中有些不高兴。

卫生间传来了两声咳嗽，很显然林放是被水呛到了。

"我知道你喜欢孩子，要不然等过两天休息的时候，咱们去医院检查，要是可以，咱们就要个孩子，怎么样？"周爽仍自顾自地沉浸在对未来的美好设想当中。

水声戛然停止，林放赤裸着上身推开了卫生间的门。

"周爽，你不用再说了，也没必要再隐瞒下去了。"林放紧锁

双眉怒气冲冲地瞪着周爽。

"你……你知道什么了啊?"周爽先是一怔,随后笑道,"你今天怎么了?到底是喝高了还是不开心,怎么怪怪的?"何况那孩子是我的亲生骨肉。

"那只鞋我已经看到了,周爽,没想到你是这样的人。皓博还那么小,我和娟娟也已经离婚了,你为什么还要这么做?"林放痛苦地说道,"我承认是自己不好,没有给你一个正式的名分,也没能和你要一个孩子。说到底这件事确实有推卸不掉的责任,但是周爽,人在做天在看,你没必要把自己的痛苦加到别人的身上吧!"

"好,林放,既然你已经把话说到这儿了,那我也干脆把话说开。不错,这件事确实是我干的。我没名没分跟了你七年,终于等到你和丁娟娟离婚,可你呢,即使这样还是不愿意娶我。既然得不到想要的,那不如亲手将它毁掉!"

周爽恨恨地说着,由于极度嫉妒与愤恨,她的表情变得狰狞,像一个嗜血的魔鬼。林放紧紧握住了她的手腕,冷冷地注视着她,咬牙切齿地说道:

"你敢!你如果敢伤害丁娟娟,就别怪我不客气。你快告诉我那天究竟发生了什么?"

周爽忽然放声大笑,笑声令人毛骨悚然。

"我本来不想说,既然你那么好奇,那我干脆全都告诉你吧。你这个做爹的可听仔细,记清楚喽。我那天是用蓝色私家车载他出城的,当时孩子就藏在后排座上,本来是想将他藏几天,要丁娟娟这个当妈的着急一下就算了。谁知道一出城他就开始翻白眼……"周爽说到这里,双臂环抱着肩膀,脸上露出了骇人的神情,"当时我真是怕死了,后来想想这样下去他也一定很痛苦,所以就用车上的备用线将他给勒死了。那只鞋是他踢我的时候掉的。"我为什么要拿回来,那些鞋就是为了给你和丁娟娟留个纪念。周爽边说边神经质般狂笑着,和平日那个善良单纯、小鸟依人的她判若两人。

　　林放看着周爽，突然伸手揪住了她的上衣领子，抬起手就要打下去。周爽哀怨地看了林放一眼，缓缓闭上了双眼。林放静默片刻，握拳的手最终无力地滑落下去，目光也随之从暴怒转为黯淡。是啊，走到今天这一步，说到底这不单单是周爽的错，也是他咎由自取。如果当初没有放纵自己的情感，又怎会有今天这家破人亡，妻离子散的结局？说到底，他才是这起案件的元凶，又有什么理由苛责别人？

　　想到这里，林放松开了揪着周爽的手，走进卧室将衣服穿好，便头也不回地离家而去。门在他的身后发出了砰的一声。

　　周爽呆呆地站在原地，在听到猛烈的关门声后，身体猛地一抖。少顷，客厅里传出了压抑的哭声。哭声顺着半开的窗子飘出，在宁静的小区中回荡，很是令人心伤。

　　午夜的街道安静而忧郁，白日车水马龙的繁华街市早已被夜的静谧所代替。林放瘫坐在路边，此刻他的脚前横七竖八地放着十几个空空的啤酒罐，随着右手食指扣动，易拉环发出了清脆的声响。随后，他仰起头快速将啤酒倒进了口中。

　　随着酒精渐渐在胃液中升腾，林放的大脑也变得缥缈。早已远去的记忆瞬间被拉回到了眼前。

　　林放承认，他之所以不给周爽名分，是因为心里始终爱着丁娟娟。作为他的初恋和前妻，娟娟表面上看似温婉，内心却是坚强、大度的。

　　丁娟娟是林放的初中同学。在那个好人、坏人无法分辨却又以讹传讹的年纪，她是他唯一的朋友，也是他这么多年的精神支柱。

　　林放仍清晰记得，初一下学期的一天，回家的路上被几个坏孩子堵住。他们在他的书包里搜了一遍却只找出了五块钱，之后便不死心地恐吓林放，要搜他的身，不然就要拳脚相向。

　　渐渐从愣怔转为清醒的林放突然发出了野兽般的嚎叫，然后抢过了为首孩子手中的五块钱，任凭他们将自己踢翻在地，团团翻滚，

也死死地抓着钱不肯松手。

那天要不是丁娟娟及时发现带着派出所的警察赶来，后果简直不堪设想。

"林放，你为什么一定要用命护着这五块钱啊？"那天回家的路上丁娟娟好奇地问他。

"我妈住院了，这五块钱是我昨天帮饭店看了一天自行车挣来的，我得用它给我妈买些好吃的。"林放抿了抿嘴唇，有些害羞。

丁娟娟停住脚步讶异地抬头看向他。她的眼睛真好看，里面一闪一闪有好多星星。那是林放第一次这样近距离地看一个女孩，也是他第一次发自内心地爱上一个女孩。

过了一会儿，她从文具盒里拿出十五块钱放在他的手中，两个人推让了半响，最终林放还是拗不过丁娟娟，收下了钱。后来才知道，那是丁娟娟一周的午饭费，因为把钱给了林放，她那周都没有吃过午饭。

也就是从那天开始，丁娟娟走进了林放的世界。两人一起上学、一起放学、一起写作业、一起玩耍……时间过得真快，渐渐地他们长大成人，在林放的表白下，丁娟娟成了他的妻子、皓博的母亲。或许生活终究会磨平爱情的激情，使爱情成为亲情，但无论是林放还是丁娟娟，却始终甘之如饴。

林放知道，作为一个已婚男人，本不应该与周爽有任何超越男女关系的激情。然而，当生活得平淡，他的内心却在忐忑中渴望着某种新鲜的力量。也正因为这样，当周爽主动走进林放的世界，用美貌与青春诱惑他的时候，起初是极度抗拒的，然后渐渐地演化成了回避，并试图以兄妹关系作为掩护来拉近彼此的关系。在第四年的时候，林放终于按捺不住开始瞒着妻子，一次又一次偷偷寻找着肉体的快乐，享乐过后却是一次次的落寞、忏悔……或许上苍是最好的法官，总有一天它会以命运最公正的判决，让一切见不得光的事变得无处遁形。

当肉体的诱惑大白于天下，当欺骗的情感再也无法隐藏，林放知道，他和丁娟娟的感情终于走到尽头了。

那天，丁娟娟接到一个陌生来电后匆匆赶到了金都宾馆，在查找到林放和周爽约会的房间后迫切地叩响了房门。

"谁啊？"里面传出了林放的声音。此刻他的声音性感地沙哑。

丁娟娟听到声音，先是一怔，继而脸上现出痛苦的表情，又继续在门板上紧叩了几下。听到里面传出了瑟瑟的声响，然后便是穿着拖鞋的走路声，清脆却令人心惊。那一瞬间丁娟娟突然有种想要逃跑的冲动。如果可以，她绝对不想面对这一切。然而还没等她转身，门却砰的一声被打开了。穿着白色浴袍的林放就这样出现在丁娟娟面前。

"娟……"林放看到丁娟娟先是一愣，然后惊慌地问道，"你怎么会来这里？"

丁娟娟瞪视着林放，虽然在来的路上她早已将质问的话在心中默默地念了千万遍，然而当这一切真实地出现在自己面前的时候，她却震惊地一句话都说不出来。

"老公，谁啊？"房间里突然传出了周爽的声音，声音慵懒，无比性感，像是一只刚刚发完情的猫。

"老公？！"丁娟娟小声地重复着周爽的话，眼神瞬间变得绝望，冷哼一声，转身向走廊尽头走去。

林放一怔，忽然清醒了过来，快步跑到电梯门前，拉住了丁娟娟的胳膊。丁娟娟在他的怀中用力地挣扎着，拳头如雨点般狠狠敲击着林放的前胸。

"娟娟，你听我解释。"林放试图得到妻子的原谅。

电梯门在二人身后开启，里面有人，丁娟娟趁着林放神情恍惚，用力地挣脱开束缚。电梯门关上，丁娟娟就这样消失在林放的视野中。

回到房间，林放来到窗前，看着妻子匆匆走到路旁招手上了一辆出租车，他知道，自己的婚姻生活就这样结束了，再美好的故事，经历伤害后也无法回到原点。而这一切都是咎由自取，怨不得别人。

林家客厅，丁娟娟双臂环绕胸前，独自站在窗前看着月亮，清冷的月光洒在脸上，受伤的心更加孤寂落寞。林放坐在沙发上边沉默地吸着烟边呆呆看着妻子背影，面前茶几上的烟灰缸中横七竖八插满了烟蒂。片刻后，丁娟娟转过身，目光中的懦弱已被冷漠代替。

"娟娟，我……"林放歉意地说道。

丁娟娟打断了林放的话："林放，你什么都不要再说了。"

林放一怔，丁娟娟的目光就像是冬日清晨的寒霜一样冰冷。他知道，他们就这样结束了，自己早就应该明了的，从背叛的第一天开始，这个结果就已经注定了。有些话还没有说出就这样结束了，既然这样，那就把它藏在心里吧……

他低下头，任凭手指被烟蒂烫得发疼……

第二天上午，两人到民政局办理了离婚手续，林放将家中所有的财物和这些年的积蓄全部留给丁娟娟，净身出户。如果可以，他愿意弥补妻子所受到的伤害。即使知道这些只不过是一厢情愿，有些事情，她终究不会忘记。

从民政局出来，目视丁娟娟开着白色奥迪车离去，直到汇入车流再也看不到了，那一瞬间，林放感受到的是彻骨的寒意，他知道从那时开始自己不会再爱了。

或许这样浑浑噩噩、行尸走肉地活着便是对做错事的惩罚。他暗暗想着。

"你把话和我讲清楚，你和他到底是什么关系？"林放的思绪突然被打断，他放下手中的啤酒罐，看到街对面一对青年男女正在吵架。

"我和你说过好多遍了，我们只是普通朋友，你为什么就不相信我？"女孩子委屈地说。

"朋友？你们都当着那么多人的面抱在一起了，你要我怎么相信你们只是朋友？"男孩对女孩怒目相向地说。

"他说他妈逼着他相亲，但是他不愿意和那个女孩子交往，所以就请我帮忙了。"女孩仍旧委屈地说着，声音与刚才相比却小了许多。

"哼，你就是做贼心虚，不然怎么会没胆量承认。"男孩似乎也听出了这微妙的变化，瞬间底气壮了很多。他突然将女孩的衣领抓到了手里，高高地挥起了拳头。"要你不守妇道，老子今天就好好管教管教你，免得以后别人说你没有规矩。"

林放猛地站起身来，踉跄着来到了那个男孩面前。沉默地盯视片刻，突然挥起一拳重重将他击倒在地。

"你是谁啊？老子教训媳妇，和你有什么关系？"男孩趴在地上不解地对林放吼道，脸上刚才被打的地方泛起了一片瘀青。

"我告诉你，女人不是用来打的，是用来疼的。"林放将男孩从地上拉了起来。"你今天只有两种选择。第一，向她道歉。第二，像个堂堂正正的男人一样，和我痛痛快快地打一架。"

男孩将头侧到一旁，不去看林放。林放松开了揪着对方衣服的手，又是一拳。

两人抱在一起，厮打在一起。

"求求你们，别打了。这位先生，都是我的错，是我没有和他说清楚，才闹出这么大的误会来的。请你放过他吧！"女孩眼看着面前的两个男人双双受伤，哭着求情道，"李东，都是我的错，求求你不要再打了！"

"你听着，我今天看她的面放过你。我再说一遍，这世上好女人已经不多了，好女人是用来疼的，她这么爱你，就必须好好把握住这份幸福。不要等到有一天失去再后悔！"林放踉跄着站

起身来。

"先生，您受伤了。对不起，这点钱算是我们的一点歉意。"女孩从包里拿出一叠钱递到林放面前。

林放露出一抹淡淡的笑容摆摆手："他伤得也很厉害，你还是快点带他去包扎一下吧。"

在小情侣讶异的注视下，林放跟跟跄跄向前走去。此刻他视线模糊，鲜血顺着胳膊滴落在地上，形成一条深浅不一的血痕。或许是发泄了心中的负面情绪，林放不知道为什么自己的心却没有刚才那么痛了，甚至有了些许轻松的感觉。

不知从哪里传来了孩子清脆的哭声。他转过身去，诧异地看着哭声传来的地方。

"爸……爸……抱抱……"黑暗深处突然出现了一抹刺目的白光，白光中皓博看着他叫着，双臂像小鸟的翅膀一样张着，撒娇地说。

虽然孩子还那么小，却也知道爸爸是这世上最疼自己的人。似乎从有朦胧的记忆以来，每次他哭闹的时候，爸爸都会把自己抱在怀中。

"人间大炮一级准备，人间大炮二级准备，人间大炮……放！"每次爸爸都会说同样的话，然后将他举得高高的，逗得他咯咯地笑。而妈妈这时便会一边嚷着什么，一边用拳头轻轻地捶打着父亲的肩膀。

"爸……爸……抱抱……"皓博嚷着，当他看到爸爸，所有的不快乐便烟消云散。他知道，从此自己有了依靠。有妈的孩子是个宝，那么有爸爸陪着呢，是不是也同样是个宝？

"儿子……你不要怕……爸爸来找你了……以后谁都不会再欺负你了，你也不会再疼了……"林放看着皓博，幸福地笑着迎上去，却重重的扑了个空。

拾 壹

林放再次醒来的时候，发现自己已躺在医院外科病房里。四周一切都是白茫茫的，墙壁是白色，被子是白色的、床单是白色的，就连护士的衣裳也是白色的……就如他此刻的心，没有丝毫幸福，只有强烈的绝望和让人窒息的灰白。

或许是自责的逃避吧，如果可以，真的宁愿就这样沉沉睡着，永远不要醒来。

到病房来给林放输液的护士对他说，现在距离他那晚出事已经过去了整整一周的时间。这七天，由于一直都在发高烧，意识始终不清醒，嘴里不断呓语着，但究竟说了什么，却没人知道。护士的声音平和，林放的心头却猛然一紧，他知道自己在说什么。人只有在最脆弱的时候才会流露出最真实的情感。那些天他一直在翻来覆去做着同一个梦。

梦境很美，却不会和任何人分享。在梦中，林放终于回到了故事的开始。除了娟娟和皓博，这世上还有什么值得他再去留恋呢？

周爽每天下班都会来医院看林放，虽说自从前次两个人吵架后他便再也没有同她说过一句话，但她却仍坚持不懈地寻找着各种话题，从给对方新买衣服的款式到最新的足球比赛结果，从最新的心理学研究发现到炙手可热的社会新闻……周爽一直不停地说着，明明知道不会再有回应仍说个不停……他知道这是她示弱的方式。现在的周爽像是一个溺水的人，在濒临死亡之前要紧紧抓住岸边的一线生机。即便如芦苇一般的脆弱，又能如何？只可惜林放不是芦苇，他只是一个深陷地狱无法超度的恶魔，静静地等待着天国宣判

的黑暗使者。

天使确实来过，只是来去得都那般安静，还来不及等到他的忏悔便倏忽离开了。

林放醒来的第一天晚上，护士来打针的时候递给他一张字条。他打开来，上面用熟悉的字迹写着：我恨你！你得活着！

尽管纸上没有称呼和落款，但林放目光仍在瞬间变得温热。林放挣扎着起身，拿着纸条吃力地来到窗前。楼下，丁娟娟静静地站在那里，抬头看着林放病房的窗户，眼神是那般复杂，身影又是如此的孤寂。

林放安静地站在窗口，直到丁娟娟转身离去，越走越远……

走廊突然传来了一阵脚步声，越来越近，在病房前戛然而止，就像是一曲命运的咏叹调，在临近高潮的时候却仓促地奏响了休止符。林放转身匆忙地擦拭掉泪水，用平静掩饰着心底的惆怅与落寞。

入夜，他在病床上辗转反侧。如果自己的命运只剩下救赎，可否让曾经的美好重新来过？即使曾经的爱人不肯原谅自己，可至少他能为对方做些什么，能减少些罪孽，至少在告别这个世界的时候会感到些许心安吧……

拾贰

墓地，阴雨霏霏。天空已经连续一周未放晴，每天都飘着蒙蒙细雨。虽然只是雨丝，却令人心情抑郁，就好像林放此刻的心情一般。

和同龄人不同，林放的眼神永远是忧郁的。就像是海水的蓝，淡淡一抹却令人心碎。

此刻，他蹲在墓碑前，照片里的儿子看着自己开心地笑着，天真而快乐。就像是天国中被折断翅膀的天使，令人想要流泪。

林放用微微颤抖的右手轻轻抚摸着皓博的照片，随后，从包中拿出一个擎天柱和一双新鞋子，依次摆放到墓碑前。

"儿子，看爸爸给你带什么来了？是你最喜欢的擎天柱和小蓝鞋。"林放流着眼泪说道，"告诉爸爸，喜不喜欢这些新礼物啊？儿子，对不起……在最需要陪伴的时候，没能陪在你的身边；在最需要被爱的时候，没告诉你爸爸究竟有多爱你；甚至在最绝望的时候，我也没能用生命来保护你，我……我不是一个好爸爸！可爸爸真的……很爱你……儿子，对不起……对不起……对不起……"

林放的肩膀剧烈地颤抖着，早已泣不成声。是的，他的确不是一个好爸爸。虽然没能亲见，但也能够想见，当死神降临的那一瞬间，皓博的心里是多么的恐惧，那因奋力挣脱而丢失的鞋子，脖子上紫红色的勒痕，足以赤裸裸证明这一切！

雨不下了，是停了吗？林放抬头向天空看去，有一把绿色的伞遮住了自己。他诧异地转过身去，不知什么时候黄茹来到了他身后，静静地看着自己，什么都没有说，又好像早已说出了千言万语。

林放和黄茹对视半晌随后沉默地站起身来，径直向前走去。

"林放。"听到对方呼唤自己他停住了脚步。

"你能来看皓博。我想娟娟要是知道了，一定也会非常开心的。"黄茹平静地说。

林放仍背对着黄茹。忽然，疾步向前走去。

"林放，我想你心里一定非常痛苦，你一定也想努力地做一个好儿子、好丈夫、好父亲。现在是他们最需要你的时候，你总该为他们做些什么吧？"

黄茹的话如锤子般狠狠敲击着林放的心，让他突然生出莫大的恐慌，如鞭子一般狠狠地抽打他的着灵魂，逼迫着他卸去沉重的面具，泪水几欲夺眶而出。他只有慌不择路地飞快逃走……

周爽家客厅，当门外传来钥匙清脆的声音时，她连忙起身迎接。自从出事，林放已经有半个月没回过家了，这段时间她一直担惊受怕。害怕他会说出实情，更害怕公安干警忽然出现在她的面前。周爽知道也许林放今生都不可能原谅自己了，但是心中却仍存有一丝小小的侥幸，毕竟七年的感情啊，那些日日夜夜没名没分地陪在对方身边，就算是冰冷的石头也总该有一丝温度吧。

"老公，你回来了。"在周爽的注视下，林放跌跌撞撞走进来。看样子喝了好多的酒。

"唔。"林放注视了周爽片刻，转身来到沙发前坐下。

"我……我去给你拿蜂蜜水，你等等。"周爽说着便向厨房走去。

"周爽，你过来，我想和你谈谈。"

"好。"周爽忐忑的一步一步地挪到林放的身边，"老公，你说吧。无论说什么我都爱听。"

"周爽，有些话一直憋在我心里。我和你一样，最初不想面对，怕知道事情的真相，你我再也没有办法像以前那样相处。然后是不敢面对，怕自己会难过、会心碎……说到底，咱们还真的很像，都是自私的。"林放缓缓地、一字一句地说着，"但是逃避掩盖不了事实的真相。说到底，发生了的事情终归是发生了，就像是雪后的脚印，并不是风一吹就什么都没有了。永远都会在咱们心里留有痕迹的。"

"林放，你究竟想要说什么？"周爽蓦然站起身来，情绪很激动，"我不是已经说过了，那纯属意外。"

"你听我说，我现在既然和丁娟娟离婚，就没有复婚的可能。如果你愿意，咱们随时都可以结婚。"林放平静地对周爽说道，希望她能够冷静。

"老公，你真好……"周爽的态度瞬间缓和下来。

"但有一件事我也需要你考虑。"林放提出了条件。

"你说，不管是什么，我都答应你，也必须得答应。"周爽仍旧沉浸在快乐中，根本没有听出林放语气的变化。

"你知道我爸现在因为这件事去公安局帮咱们顶罪了。周爽，他已经是六十多岁的人了，坐了那么多年的冤狱，原本身体就不好，咱们绝不能再把他牵扯进来。我希望你能坦诚地面对曾经的过错……"林放尽量放平语气。

周爽瞪大眼睛一脸惊讶地看着林放，目光渐渐从平和转为凌厉。她突然冷笑了一声："说到底，你还是想看着我死。林放，你果然是一个绝好的心理医生，连杀人都能够做到手不沾血。不过，我也要告诉你，别做梦了。我是绝对不会去公安局的。必须还要再说一句，无论谁想要我死，我都会让他陪葬，无论他是谁。"

林放的身子猛然一震，双眼放出莫可名状的光芒……

拾叁

公安局刑侦大队视频放映室，局长石瑶在刑警们的陪同下目不转睛地看着监视器，屏幕上许洋、张杰和林放此刻正在审讯室静静地对视着。

"林放，你一大早跑到公安局说要投案自首。既然这样，那详细说一下作案经过。"张杰边说边拿出记录本。

"我对丁娟娟拿到皓博的抚养权耿耿于怀。那天我在上班的路上无意中发现了她的车就打车悄悄跟了上去。看到她把车停在超市门口，车上又只剩下皓博，就鬼使神差地用备用钥匙打开了车门，

把车子开走。原本只是想把孩子接到我那儿玩几天，但是孩子也不知道是怎么回事，在路上一直哭闹个没完。我心里很害怕，怕被别人误会是贼，所以就捂住了他的嘴，没想到没过多久他竟然没有气息了。"林放想了片刻后缓缓说道，他尽可能将想象中的画面说得详尽，以便取得许洋的信任。

许洋默默地看着林放。作为一起长大的兄弟，对彼此的性情最为了解。林放不爱说话，心地却非常善良。一个连看书和看电视都流泪的人怎么会是杀人凶手？尤其对方还是他的亲生儿子？这于情于理都讲不通。毫无疑问，杀害皓博的凶手另有其人。可是为什么林家父子要这样争先恐后地认罪，究竟是谁值得他们这么做？

"林放，你确定刚才说的是真的吗？"许洋再次确认道。

"放心，我不会乱说话。我刚才不是已经把孩子的鞋都交给你了吗？如果不是凶手，又怎么会有这么重要的物证。你们还是把我爸放了吧，他真的和这桩案子没有关系。"林放直视着许洋，认真地辩解道。

"你要知道，如果包庇凶犯、胡乱认罪也是犯罪。"许洋有些焦急地说道。这个傻兄弟，平时看上去聪明，怎么到了关键时刻就这么糊涂。

果然，许洋的话引起了石瑶的注意。

"许洋这话说得有问题，在暗示对方吗？"石瑶转过身，皱着眉头对身边的刑警说道。

"啊？我刚才有点走神了，没太听清楚。"刑警故作不知地开脱着。

"他这话有很明显的诱导倾向，明显是在诱导嫌疑人翻供。"石瑶正色地说道。

"没有吧，他可能也只是无意中一说罢了。"刑警见石瑶如此严厉，连忙严肃说道。

石瑶不满意地用鼻子冷哼了一声，又看向监视器。此刻，林放已经在证词上按下了手印。

"你已经按了手印，那就是承认了自己所犯的罪行。林放，还有什么要求吗？"许洋痛心地说。

"许队，可以给我一支烟吗？"林放瞥了一眼许洋放在桌上的香烟盒恳求道。

许洋站起身来，拿着烟盒和打火机来到了林放面前，取出一支香烟用打火机点燃后递给了他。林放狠狠地吸了一口，被手铐铐着的双手拿着烟瑟瑟颤抖着。

石瑶透过监视器看着许洋，在发觉他微妙的表情变化后，会意地转身离开了监控室。作为许洋的老上级，他对许洋的脾气是了解的。无论怎样的情形，许洋都是冷静且克制的，只有这一次，他虽然极力地压抑着情绪，但从那眉眼细微变化中，石瑶仍体察到了其心中的悸动。局长室，张杰推门走了进来，站在石瑶的办公桌前。

"局长，您找我有事吗？"

石瑶点了点头，问道："张杰，你知道许洋和林放的关系吗？"

张杰听到问话，先是一怔，继而问道："石局，您为什么会这么问？"

石瑶打量了一下张杰说道："刚才在审讯室的问话，你不觉得奇怪吗？许洋作为刑侦大队的队长，一名有着丰富办案经验的警官，竟然会向犯罪嫌疑人进行诱导，这样的错误在这之前他从没有犯过，明知道违反纪律原则还会做，不是关系密切，又会是什么？张杰，你来给我说明一下！"

张杰立正说道："局长，事情并没有那么严重，但我们队长和林放确实是发小关系。"

石瑶听到这里，神情瞬间变得严厉，严肃地说道："这个情况为什么没有及早报告，为了对案情和同事负责，许洋从现在按制度

规避，本案以你为主负责侦办。"

"是。"

张杰立正敬礼，转身走出办公室。

张杰刚刚来到办公室门口，就见许洋此刻正坐在办公室的桌前沉思，犹豫了一下，抬手敲了敲门，走了进去，从墙角拉了一张椅子坐下。

"许队……"

他的话还没有说完，就见一个年轻警官急冲冲地走了进来。

"报告，刚才接到了招待所的电话，林海生自杀了。"

许洋和张杰听到这话，同时站起身来，急忙问道：

"人现在怎么样了？"

"虽然情况严重，但好在发现及时，现在已经送往医院了。"

许洋听到这话，焦急地对张杰说道："走，咱们去医院。"

说着，二人一道走出了办公室。

拾 肆

许洋和张杰来到医院外科病房的时候，林海生已经包扎好了伤口。

许洋透过病房门上的玻璃向里看去，林海生此时正背对着他，身影显得很是沮丧。

值班医生办公室里，医生详细地给许洋和张杰讲述了发生在刚才的事情。据说林海生寻死的意愿非常强烈，他在警察轮值的时候乘人不备摔碎了招待所房间的暖瓶，用碎裂的瓶胆划伤了手腕上的动脉，又向脖子上的主动脉划去……幸亏被驻守在招待所的警察及时发现，否则任谁都没有办法将他抢救回来。

医生告诉他们，待会儿探视林海生的时候一定要平心静气地说话，以免再引起病人情绪上的波动，造成更大的麻烦。许洋对医生点了点头，接着便推开了林海生病房的门。

坐在病床前读报纸的年轻女警察看到他进来，连忙将报纸放到了桌子上，起身迎上前来。

"许队……张队……"

许洋微微颔首，他看到方才躺在床上听女警员读报纸的林海生此时已闭上了眼睛，便会意地做了个轻声的手势。

"小刘，我们想单独和他说说话，你先去休息吧，待会儿我再叫你。"

女警看了看林海生，又转身看向许洋。林家父子相继自首虽然只是短短几天时间，但关于许洋与他们关系的流言却早已传遍了整个警队。她原本将信将疑，但是此刻看这两个人表情的微妙变化，反倒证实了之前的传闻。

"好的，许队。"女警说完离开了病房。

许洋缓步来到林海生病床前，轻轻坐在椅子上。

"林伯，您感觉好些了吗？"

见林海生不理会，许洋轻声问道。

林海生听到问话却仍闭着双眼，沉默不语。

许洋看向桌子，两个白色塑料饭盒一上一下摆放在包扎好的塑料袋中，一看就知道还没有动过。

张杰见状来到桌前，解开袋子，说道：

"林伯，您还是吃点东西吧，您这会儿的身体情况不吃饭可不行。"

林海生闭上眼睛没有作声，许洋又说道：

"嗬，这菜还真挺好的。红烧带鱼、大葱炒鸡蛋、凉拌干豆腐丝，这米饭真的也挺软，一看就很有食欲。"

林海生仍旧一动不动。

张杰见状只得重新将饭盒盖好，许洋将林海生的手从被子里抽出来，紧紧握在自己手中，说道：

"林伯，无论发生了什么事情，您这么做都是不对的。你的当务之急是把事情的真相说清楚，你来自首就要提供犯罪证据，你知道公安办案要的就是证据，你在毫无证据的前提下坚持说自己是罪犯，又要自己杀死自己。林伯你是懂法的，你知道法律是不会冤枉一个好人，也不会放过任何一个坏人，无论是谁犯下罪行都要接受公安机关的制裁，而不是自杀完就没有事情了。"

林海生听到这一席话睁开了眼睛，仍旧固执地说道：

"我的孙子死在我的手上，有罪的人是我，这就是真相。"

说完，他再次闭上眼睛。

许洋见状，继续说道："林伯，无论你怎么坚持，但是你没有犯罪的证据，仍旧无法判定罪行。我们会继续查找证据，直到水落石出。"

林海生虽然没有睁开眼睛，脸上却露出了绝望的神色。

许洋和张杰见状，不觉心里一动，互视一眼，似乎心里感觉到了什么。

市交警指挥大队监控室，黄茹和张杰在交警马队长的陪同下调看事发当日的监控录像。

"停！"随着马队长的话音，交警在键盘上敲击暂停，画面定格在了一刹那。

黄茹和张杰疑惑地对视一眼，一道看向马队长。

"你们看，这个画面和案发地点及时间都相吻合。这个人趁丁娟娟离开，用万能钥匙将车门打开并开走了车子。"马队长目不转睛地盯着画面，用手比画着，"通过画面，咱们可以看到当时受害者就坐在副驾驶的位置上。"

黄茹盯视着画面，随后，疑惑地看向马队长："可是，这个人好像不是林放。他比林放娇小，好像是……好像是……"

"女的。"张杰在一旁补充道。

"对，好像是个女的。"黄茹恍然大悟。

"没错，虽然案发当天的雾霾很大，咱们看不清楚犯罪嫌疑人的五官长相。但如果按照摄像记录推断，这身形轮廓和头发长度，的确是个女的。"马队长给出了肯定的答复。

"按理说在绑架发生后，高速路口应该有其他的监控记录，可为什么咱们没有找到？"黄茹稍稍思索，复又疑惑地追问。

张杰蓦地站起身，在地上来回踱着步。忽然他收住脚步，顿悟般地说道："这只能有一个原因。"

"什么？"黄茹不解地看着他。

"这次盗车杀婴案是有预谋，经过精心策划准备的。这个女人早就准备好了备用车牌。事成之后，她很快便在没有安装摄像头的地方迅速换好了车牌。而这也正是为什么我们在检查的过程中没有发现的原因。不过，要是按照这个情况看，案情还真是越来越扑朔迷离了。"张杰略显兴奋地说。

"可是案发现场为什么会是一副男士手套？这好像也讲不通啊。"黄茹喃喃自语道。

张杰的唇边浮出一丝嘲弄的笑。

"这个罪犯是心理学方面的高手，男式手套只是误导咱们走入歧途的道具。这样作为女性的她就可以顺理成章地逃脱法律的制裁了。"

黄茹听到张杰的解释就露出了恍然大悟的神情。

手机铃声响起，马队长接通了电话。少顷，他放下电话，转身对黄茹和张杰说道：

"张警官的推理没错。我刚才接到了电话，在滨海市附近发现了案发时丢失的车子，旁边还有一个被遗弃的车牌。"

黄茹看着张杰，用右手大拇指比了一个赞。张杰露出了会意的笑。

"我现在就和石局取得联系，出差到滨海进行调查。"

拾伍

张杰、许洋和林放相对而坐。

张杰和许洋盯视着林放，直盯得林放低下头。

张杰问道："林放，这几天考虑得怎么样了？你现在和你父亲虽然全都认罪，可口供完全不一样，这究竟是怎么回事？"

林放抬头看了一眼张杰和许洋，又低下头没有说话。

张杰侧头看了一眼许洋，又继续说道："林放，你这几天究竟是怎么想的？你说儿子是你杀死的，我希望你能把杀人的过程交代清楚。"

林放抬起头来说道："你不要再问了，本案的罪犯就是我，这件事情跟我的父亲无关，他已经六十多岁了，经不起折腾，不要将一个无辜的老人牵涉到案子里来。我请求放他回家。"

张杰听后说道："是该放你父亲回家，你说你的父亲再经不起折腾来，可是你知道他为了这件事情都自杀过了吗？"

"什么？"林放迅速起身，涨红了脸，焦急地问道，"我父亲自杀了，这是什么时候的事情？现在人怎么样了？！！"

张杰看了一眼许洋。

许洋向林放摆了摆手，示意其坐下，随后说道："幸亏干警们发现及时，经过抢救，人现在已经脱离危险了，目前在医院里慢慢康复。"

林放听到这话，神情松弛了下来，深呼一口气，刚要说话，就听张杰又说道：

"林放，你口口声声说希望父亲回家。既然是这样，那就得把你所知道的事情交代清楚，给你的父亲减少压力，让他早日康复，能够保外回家。"

林放感激地看着张杰："张警官，您能给我一根烟吗？"

张杰看了一眼许洋，起身抓起桌上的烟盒，从里面取出一根烟，在来到林放面前，将烟点燃递给对方。

林放狠狠地吸了一口烟，说道："张警官，既然我父亲现在身体不好，那能不能给我们父子俩申请保外就医？这样也方便我照顾我父亲。"

张杰和许洋对视一眼，点了点头："可以，我们会向上级申请。不过林放，在这段时间里，你也应该将情况好好梳理一遍，想得明白透彻一些。你虽然提供了一些证据，但是其来源是在哪里？据我们所知，你对你儿子的死也是悲痛万分，哭得撕心裂肺，所以仅凭你自己的认罪还不足以说明问题。我希望你能够积极的反映正确情况，协助公安办案。好了，今天就到这里，你回去想清楚吧。"

审讯室的门打开，两名警员带着林放走出门去。

一个星期后的清晨，冰城市看守所门前，周爽静静地倚靠在汽车上想事情。看守所的铁门突然开启，听到声音她转过身去，神情忽而变得激动。只见在警察的陪同下，林放扶着林海生缓缓走出了看守所。在周爽的注视下，铁门再次关闭。门前只余下三人。

"放……林放……"周爽见林放没有理会她，只是默不作声地向前走着，心中顿时一沉，犹豫片刻开口说道。

林放停住脚步，沉默片刻后，转身看向了周爽。

"我……是来接你和伯父回家的，你快扶伯父上车吧。"周爽尴尬地笑着，心中很是忐忑

"回家？"林放的唇边泛起一丝苦笑道，"谢谢你。不过，不必了。"

说完不等周爽说话，林放便迅速转过身去，扶着父亲快步离开了。

周爽看了一眼看守所大门，因为林放的表现此刻她的内心由恼怒变得阴郁。一定是他们搞的鬼：许洋和黄茹。既然看不得她过上好日子，那么也就不要怪自己翻脸无情。大不了，闹个鱼死网破吧。

电台门口，黄茹和佳旭边说话边往大楼里走。电台最近新增了一档午夜情感类节目，每周轮换一组主播当值。这天，恰巧轮到他们的直播节目。此时正在谈论工作的二人不知道，就在他们来到走廊的刹那，黑暗中突然闪过一道刺目的白光，随之传来了轻微的快门声。

次日清晨，黄茹和佳旭在直播完节目回到办公区域后，发现气氛较之往日格外不同。同事们全都围站在电脑屏幕前，正比比划划、交头接耳地议论着什么。当听到脚步声，众人抬头看了一眼随后一阵沉默，脸上均露出了诡异尴尬的神情。黄茹和佳旭都察觉到了异样，狐疑地坐到了工位上。

电脑屏幕QQ头像突然快速地跳动了起来，黄茹用鼠标点开头像，见是佳旭发的信息。

"怎么回事？你不觉得他们今天怪怪的吗？"

黄茹笑了笑，在键盘上迅速打下一行字："气氛的确不太对，咱们先别轻举妄动，观察观察再说。"

很快，又是一条信息："得令！"旁边还附上了一个傻笑的表情，就像佳旭平日为人一般的阳光幽默。

黄茹见到头像便也回了一个拥抱的表情。作为多年搭档，他们两人早已成为心有灵犀的知己，无论发生什么事，都会为对方着想。

黄茹关掉了QQ，她想保持冷静。是啊，是该好好冷静一下了。虽说这几天，"三五"案的侦查已经有了突飞猛进的进展，然而，不知为什么，她的内心却常常陷入莫名的恐慌。尤其是昨天在接丁娟娟出院后，这种感觉尤为明显。难道说接下来还会有其他事情发生。如果是这样，又会是什么？如果可以，又是否能将这风险规避？

"黄茹姐、佳旭哥，台长让你们去一下，说有很重要的事情找你们。"过了一会儿小雅在门口说道。

黄茹和佳旭一道起身，互递了个眼神向外走去。待两人离开，办公区域瞬间又变得热闹起来。

办公室，台长坐在转椅里，目不转睛地看着电脑屏幕上的照片。随着手中鼠标点击，黄茹和佳旭的照片不断地切换着。

外面传来了敲门的声音。

"进来！"台长紧皱起双眉说道。

佳旭和黄茹推门走了进来。

"台长，你找我们？我知道了，是不是因为上期节目的收听率不错，您要表扬我们。不用那么客气的，只要下个月多发点奖金就好了。"佳旭来到办公桌前嬉笑道。

"表扬你们？不批评你们就不错了。"台长面沉似水，"你们看看这些照片，能不能给我一个合理的解释？"

佳旭和黄茹走到台长身后，看着电脑屏幕上的照片。

"这是谁拍的？也太丑了吧，我这么玉树临风看起来哪有那么猥琐？"佳旭有些惊讶地说道。

"我还想问你。"台长皱着眉头看向二人。

作为多年同事，他当然相信黄茹和佳旭的人品，知道一定是有人在背后编造，从而引起事端，尽管这样，仍继续说道："一大早就带来了这么劲爆的消息，什么你们两个人关系暧昧了，晚上同入豪宅了。佳旭，你给我解释一下，这到底是怎么回事？"

"豪宅？别逗了，这明显就是电台。"佳旭委屈地说道，"暧昧？我与黄茹姐是搭档和最知心的朋友，和这个词可完全没有关系，分明是信口雌黄诬蔑。"

黄茹抱歉地说道："佳旭，对不起，让你受委屈了。"

"黄茹姐，你可别这么说。虽说这么做是不好，但从另一个角

度说咱们也算是冰城的公众人物。不然，怎么会被人无端端地炒作绯闻啊？"佳旭笑着安慰黄茹。

"你小子，别跟我嬉皮笑脸的。"台长的态度较之刚才明显缓和了下来，"看来来者不善。对了，黄茹，你不是在配合公安局进行'三五'案的调查吗，情况怎么样？"

"报告领导，案子已经有了很大的进展，不过仍存在着一些疑点。台长，通过查案，我发现很多事情并不像咱们想的那么简单。"谈到案件，黄茹莫名兴奋。

"哟，黄茹姐这是怎么了？一说到查案就眉飞色舞的，要不然干脆跟姐夫说一声，直接把你调到他们刑侦大队去得了。"佳旭开玩笑道。

黄茹有些羞赧地低下了头，台长在佳旭的肩膀上重重地拍了拍，笑着道："小子别瞎说话，黄茹这么优秀，就算刑侦大队要她我也不会放人。"佳旭听到这话做了个鬼脸，继而笑了。

"黄茹，媒体人最讲求公信力。我希望你能好好配合刑侦大队，一定要干出个样儿来！不过，也千万不要影响本职工作。别忘了，你可是咱们台最优秀的女主播！"台长鼓励地说道。

"嗯。"黄茹微笑着回答。

"台长，那这绯闻事件怎么办？"佳旭指了指电脑屏幕上的照片。

"他们别以为咱们好糊弄，这件事明显就是冲着黄茹来的。"台长坐了下来，沉思片刻接着说，"下周咱们召开一次听友会，你们借此机会澄清一下也就行了。"

"好。"黄茹和佳旭异口同声地应着，相视一笑。

拾 陆

虽然绯闻事件在台长的支持下很快查明真相了，但黄茹的内心却久久不能平静。她隐隐觉察到接下来还会有事情发生，可会是什么呢？难道是许洋？想到这里，黄茹无来由地担心起来。

入夜，房间里一片漆黑。黄茹在床上辗转反侧了很久，吃了一片安眠药后终于艰难入睡，噩梦却随之而来。

雨丝霏霏，黄茹在幽深的巷子中踟蹰前行，猛然停住脚步，吃惊地睁大了双眼。透过雨幕，黄茹隐约看到巷子中警灯疯狂地闪烁，一场激烈的枪战正在上演。似乎发现了黄茹的存在，忽然蒙面匪徒将枪口对准了她，随着手指扣动扳机，一颗寒光凛凛的子弹带着风的呼啸直射而来。

"小茹，当心！"许洋大喊一声挡在了黄茹身前，子弹飞来，直中他的胸口。

在黄茹惊恐的叫声中，许洋的身子径直向后仰去，重重摔倒在地上。

"许洋……"黄茹蹲下身哭喊着将许洋抱入怀中。

"小茹，对不起，让你受惊了……"许洋艰难地挤出一抹笑意，目光温柔地看着黄茹。

"老公，你会没事的，咱们去医院。"黄茹站起身来，哭喊着向四周求救，"求求你们，帮帮忙！"

枪战仍在继续，交战正酣的刑警们根本没有机会救援。

"没用的。"许洋气若游丝地说道，"小茹，你别哭，我最喜欢看你笑。快，向我笑一下。"

黄茹停止了抽泣，含泪带笑地看着许洋。

"多美啊！"许洋怔怔地看着黄茹，"小茹，你要坚强……还有要记得我……我爱你。"

许洋挣扎着说完这句话带着遗憾和不舍闭上了双眼。

"许洋……老公……"黄茹痛苦地将许洋抱紧，"我也爱你！"

客厅沙发上的许洋在睡梦中隐约听到压抑的哭声，他茫然地睁开了眼睛，环视四周，意识逐渐清晰。不错，是哭声，难道是黄茹在哭？许洋慌忙起身推开了卧室的门。只见黄茹此时正趴在床上，头埋在枕头里，压抑地哭泣着。

"小茹，醒醒……"许洋用手轻轻拍着黄茹，柔声唤着。

许洋的轻唤打断了噩梦，黄茹猛然睁开了眼睛，挣扎着扑进爱人怀中，继续抽泣着。

"怎么了，做噩梦？"许洋见一向坚强的妻子忽然这样脆弱，先是一怔，继而轻轻地抚摸着黄茹的背，柔声问道。

"许洋，我不许你死……"少顷黄茹的情绪平静下来哽咽道。

"谁说我要死了？"许洋故意紧锁双眉，抗议说道，"我媳妇这么好，我哪里还舍得死？你放心吧，我会一直陪着你，只要你不嫌我烦就好。"

黄茹听到许洋的话，扑哧一声笑出来，揉了揉惺忪的眼睛。

许洋坐在床上，紧紧将黄茹搂在怀中："媳妇，我知道最近因为案子的事你压力很大。我也知道你这些日子一直很担心，怕有不好的事情发生。不过，真的很佩服我媳妇，这么勇敢、坚强。对了，你可能还不知道吧，张杰他们都在羡慕我呢。"

"他们都说什么了？"黄茹好奇地问。

"不告诉你。"许洋故意卖关子。

"你快说嘛，不然……不然我就要打你了。"黄茹边说边抓起枕头轻轻向许洋掷去。

"呵，几天不收拾你，还要上房揭瓦啊。"

许洋接过枕头，趁势将黄茹压在了身下。两人彼此凝视，心跳忽然加速。

"媳妇，好美！"许洋把头凑到黄茹面前，似乎下一秒就会吻上去。

黄茹紧张地闭上了双眼，听到许洋的笑声，又诧异地睁开眼睛，用手指了指墙壁上的开关。许洋会意地按下开关，屋子瞬间变得漆黑……

躺在床上的黄茹意犹未尽地问道："老公，你还没有告诉我，张杰他们到底说什么了？"

"先不告诉你，以后慢慢再说。"

"哼，那就是骗我的……"

"咱们在一起这么久了，我什么时候骗过你？"

"那你说啊。"

……

听友会在电台一楼大厅如期举行，因为此前黄茹和佳旭已通过节目做了预告，因此当天聚了很多热心的听众。活动开始前，大家翘首企盼，猜测着偶像的模样。电台主播和电视主播不同，他们需要通过声音的独特魅力来展现自我的风采，就好像是配音演员对角色的塑造一样。

"各位听友，下午好。我是节目导播苏小雅，欢迎参加今天下午的听友会。六年前的元月一号，《一路同行》节目正式开播。从那天开始，无论您行驶在下班回家的路上、探亲访友的途中还是诗意的乡村郊外，只要准时在四点钟调频到 FM111.9 兆赫，就会有两个温柔的声音与您相伴，一路同行。他们就是最阳光帅气的佳旭和最温柔漂亮的黄茹，他们与您聊天，分担忧愁，分享快乐。下面就让我们一起用最热烈的掌声欢迎他们……"

在一片热烈的掌声和欢呼声中，身着一身白色西装的佳旭来到台前，深深鞠了一躬后开始和小雅轻松互动。

"佳旭老师好！"

"小雅好，听众朋友大家好，佳旭在这里向大家问候。"佳旭帅气地笑着，举手投足间尽显绅士风范。

"听众朋友们，大家说，佳旭老师帅不帅？是不是白马王子啊？"小雅逗趣地说道。

"是！"听友们异口同声地回答。

"谢谢大家。我今天非常激动。没想到一下会来这么多的好朋友，我刚刚还和黄茹在后面粗略地数了一下人数，这次大概聚了八百人，感谢你们。同时也要感谢现在正在收听《一路同行》的每一位好朋友。《一路同行》已经走过六年的风风雨雨，这些年，我们共同探察路况，体味人生。因为有你们，我们才有做好这档节目的动力和激情。谢谢你们！今后，我们会继续努力将更多的精彩带给大家！"佳旭感慨地说着，眼中闪烁着莹莹的泪花。

"说到这里，大家也都知道佳旭老师是交通台公认的白马王子，不仅口才绝佳，相貌也十分阳光帅气。王子和公主一定是绝佳的搭档，佳旭老师也有一个美貌和才学兼备的搭档，那就是黄茹老师。大家现在想看到她吗？"

"要！"喊声响彻大厅。

"好，那下面就让我们一同请出今天的女主角——黄茹老师。"

雷鸣的掌声中，身着素色连衣裙的黄茹款步上台。

"感谢大家的到来。"黄茹微笑着说道，"刚才佳旭说的，也正是我想对大家说的话。既然他都说得那么好了，我也只能借用每天都要播出的那句《一路同行》宣传语向朋友们表示感谢。感谢每一个黄昏，感谢每一次日落，感谢每一刻相聚，感谢每一份担当。感谢有你，我最亲爱的朋友，静静地守候，默默地陪伴！谢谢！"

听友们在佳旭和黄茹的感染下，眼中也闪烁着泪花。

"接下来是听友会的互动环节，大家有什么问题都可以与我们最可爱的主持人互动分享。我相信他们一定会知无不言言无不尽，二位老师，我说得对吧？"小雅调皮地笑着。

黄茹和佳旭互视一眼，露出会意的笑容。热心听友们以举手的次序先后拿到话筒，向二人提问。

"他们真的好有亲和力啊，一点架子都没有，不愧是我最喜欢的主持人。"一个年轻的女听友兴奋地说。

"就是。以前没有见过他们，真的想不到他们的长相也这么亮眼，就算做电影明星也没有问题。"女孩的男友接口说道。

"或许也就是这样的亮眼，所以才会闹绯闻。"人群中最后一排一个身材魁梧的中年男人忽然开口说道。

人们听到他的话后，纷纷错愕地转头看去。

"两位主播，我只有一个问题，之前网络上传闻你们的绯闻到底是不是真的？你们能在这里证实一下吗？"很显然男子不怀好意。

"我……"佳旭看了一眼黄茹，见她尴尬地低着头，便拿过话筒，准备回答。

"我来回答这个问题。"一个浑厚的男中音忽然在人群后面响起。

人们纷纷转过头，在众人的注视下一身警服的许洋迅速拨开人群来到台上。

"哇，好帅啊！"女生们眼中纷纷闪烁出惊羡的光芒。

"你是谁？怎么有资格回答这个问题？"中年男子一怔，恨恨说道。

"我当然有资格，而且我笃定这个世界即便只有一个人能够替他们证实，那个人也是我。"许洋看着男子，唇边浮现出一丝冷笑。

"怎么说？"男子冷冷地盯着许洋，目光中带着明显的敌意。

"各位听友，谢谢你们支持我爱人的节目。"许洋感激地说着，温柔地看一看黄茹，又看向了听友，"我叫许洋，是黄茹的丈夫，

我想一些朋友应该听说过我，甚至还曾经和我打过交道。没错，我是市公安局刑侦大队的队长。"

中年男人脸色突然变得惨白，在众人的注视下，和同伴迅速起身逃离现场。许洋看着他们，目光极其冷峻。

黄茹无意中看向小雅，二人目光交会的瞬间，小雅用右手比出了一个赞的手势。黄茹见状，唇边泛起一丝无奈。

拾 柒

一辆白色奥迪车在喧嚣的马路上疾驰而过。车内广播里播放着《蜉蝣》。副驾上的黄茹微笑地看着开车的许洋，目光中满是欣赏。

"于是踏遍万里山河千沟万壑，于是寻遍波澜壮阔鸿鹄云鹤……"许洋跟着音乐轻轻哼唱着，"是谁太懦弱，为什么沉默。我在想你呢，几年离索……"

"老公，这是什么歌。第一次听，你唱很好听。"黄茹好奇地问道。

"这是一部电影的主题歌，故事是讲我们警察的，前两天局里刚组织看过。"

"哦。"黄茹突然道，"对了，老公，你怎么知道我今天会遇到麻烦？"

"这是秘密。"许洋神秘地笑着，故意卖了个关子。

"你快告诉我嘛。"黄茹赌气地噘起了嘴。

许洋深深地看了一眼黄茹："我前几天就在网上看到了照片，昨天通电话的时候又听你说今天有听友见面会，当时我就想你有可能遇到了麻烦，所以今天就赶过来了，看来是对的。"许洋得意地笑起来，很为自己未卜先知的做法感到满意。

黄茹感动地看着许洋，猛然伸手抱住了他，在他脸上轻轻吻了一下。

"丫头，吓我一跳，赶快坐好，不要妨碍我开车。"许洋嘴上虽埋怨着黄茹，但很显然对妻子爱的表达十分受用。

"老公，你真是太棒了。谢谢你！"黄茹幸福地赞美着。

"那当然，再怎么说你老公当年也是刑警学院刑侦专业第二名啊。"许洋听到妻子的恭维，不免洋洋自得。

"第二？我老公这么才貌双全怎么才是第二？"黄茹好奇地问道，"你们专业当年第一的人是谁啊？"

"还记得张明生吗？他来参加过咱们的婚礼。"许洋继续说道，"这小子不仅长得帅，而且每门考试的分数都是专业最高的，从来都没有下过九十分，是个妥妥的学霸。"

黄茹脑海中浮现出一个身材魁梧、五官酷似韩国明星李秉宪的男人。那个人的性格似乎较为寡淡，总是喜欢坐在角落里默默听别人谈话，却很少袒露心意讲述自己的心事。

"哦，我对他有些印象。"黄茹关切地问道，"他还好吗？"

"这个小子很有出息，毕业就被分配到北安市公安局特警队去了。我和他也有很长时间没有联系了，估计他应该也成家了。"许洋陷入回忆，"上学那会儿，他睡在我上铺。不是有一首歌叫《睡在我上铺的兄弟》吗，我们就是这种关系。"

"是啊，人这一生还是学生时代最好。要哭就一起哭，要笑就一块笑，关系永远最纯粹。"黄茹感慨地说道，"我和娟娟上大学那会儿也是这样的。"

"我这些日子一直在忙，也没有顾得上问你。她现在的状况怎么样？还好吗？"许洋听黄茹提到丁娟娟，便又继续问道。

"她的状况就算不说，你也应该想得出来。娟娟和我不一样，

她心里只有家庭。"黄茹唏嘘地说道，"以前，林放和孩子就是她的天，她的一切。只要有他们在身边，无论多大的阻力都能咬牙克服。可是现在天塌地陷了，娟娟的精神支柱自然也就垮塌了。"

"既然这样，那你就抽时间去陪陪她，开导开导她。"许洋建议道，"等有机会，我也会和林放再好好聊聊。毕竟都是中年人了，还是应该以家庭为重，和娟娟好好过日子。"

"你是得找个时间好好说说他了。"黄茹赞同道，"上次从咖啡店里出来，我就一直在想，他们两个以前的感情多好啊，皓博又那么可爱。一家人就该和和美美地过日子！可惜啊，好端端的一个家就这么说没就没了。"说到这里黄茹难掩伤感。

许洋不说话，内心却早已被触动。黄茹说得不错，婚姻之中总会出现意见相左或是受到诱惑的时候。假如在这种情况下，双方能够在任何复杂的情况下抵抗住诱惑管理好自己才能有幸福的家庭。只可惜林放如此聪明，却始终没能悟出这个道理。

"对了，我约了娟娟今天晚上在麦田吃饭。你要有空就一块来吧，我想要是你能聊聊林放的情况，她肯定是很愿意听到的。"黄茹提议道。

作为丁娟娟的闺蜜，黄茹早已对她的心事了如指掌。林放，就是丁娟娟心中那道白月光。虽然冰冷，却依旧美丽。解铃还需系铃人，希望许洋这次能够对娟娟有所帮助吧。黄茹看着车窗外倏忽而过的景物如此想着。

麦田，店如其名，室内装修以金黄色为主基调，恍惚间使人有一种沉浸在深秋麦浪中的感觉。店内音响反复播放着的那首陈小春的《独家记忆》，给人平添了一种难以控制的伤感。

"我希望你，是我独家的记忆。摆在心底，不管别人说得多么难听。现在我拥有的记忆，是你给我的一半的爱情。我喜欢你，是我独家的记忆。谁也不行，从我这个身体中拿走你……"

丁娟娟沉默着透过落地窗看着窗外。不知从什么时候开始下起了雨，淅淅沥沥的，每一滴都落在她的心底。也许是因为下雨的缘故，此刻路上鲜有人经过。即使有人，也是打着伞快速地从窗前掠过。就像是初春雨水来临前匆匆归巢的燕子般，身形小巧而轻盈。

丁娟娟叹了口气，伸手拿起了放在茶几上的烟盒，从里面抽出一根香烟。烟雾氤氲，好似无法平复的心，寂寞孤独。

作为书香家庭中出身的女子，丁娟娟的性格一向都是温婉内敛的。这一方面是天性使然，另一方面也是出于长辈们的殷殷教诲。

小时候，丁娟娟也很开朗活泼。记得每次和母亲去姥姥家，当她玩兴正酣，开怀大笑的时候，姥爷总会板着脸看着她。

"女孩子讲的是规矩，笑不露齿才有福气。像你这样，以后的命肯定不会太好。"

姥爷个子不高，声音也不大，但那威严的口吻和如冰般的目光让她至今想来仍如芒在背。

难道真的像姥爷说的，那时自己就将福气都消耗光了吗？否则为什么会有这么多的事情发生？和林放那么早地相遇，那么幸福地相知相守，却还有残忍地从天堂坠入炼狱的分离？

有人说，相爱中的两个人就像是在寒冷冬夜中抱团取暖的刺猬，挨得太近反倒会刺痛彼此。她和林放不就是这样，当坚硬的锋芒刺穿厚重的盔甲，余下的只有无法逃脱的痛苦和永无止境的心伤。

烟雾很呛，随着一阵鼻酸，丁娟娟眼角突然迸出了晶莹的液体。心底强烈的酸楚随之排山倒海般翻涌着。算了，既然无法克制，那就索性让它一次流个痛快，又何必理会他人的目光？想到这里，丁娟娟将头侧向窗前，凝视着外面早已朦胧的世界。或许是过于专注，连许洋和黄茹来到她身旁竟也毫无察觉。

"娟娟……"黄茹柔声地唤着，目光中满是心疼与无奈。

丁娟娟没有理会，仍沉浸在自己的情绪中。

"娟……"黄茹想再次唤她，被许洋拉住了胳膊，只得将后面的字收了回去。

两人在丁娟娟对面的沙发上坐下，静静地看着，默默地等待……

窗外，雨水更密了。滴落在人们的心底，就像是用钢琴弹奏着的咏叹调，高亢、华丽又令人心伤。

二十分钟后，丁娟娟终于平复好了心情。转过头来，神情平静，刚刚的一切好像并未发生过。一瞬间，她与黄茹和许洋的目光交汇，脸上浮现出一丝诧异：

"你们……？"

许洋微笑地看着丁娟娟，眼神中的余光却瞥向了黄茹。

"我们也才来一会儿。"黄茹会意地笑着站起身，来到丁娟娟身旁坐下，紧紧地抱着她，动作十分亲昵，"娟娟，我说过，咱们是一辈子的好姐妹对不对？"

她见丁娟娟微微颔首，又继续说道："既然是这样，以后无论什么时候，只要你愿意，都可以和我聊聊。我愿意做你永远的听众。"

丁娟娟看着黄茹，眼睛不禁湿润，她用同样的动作回应着，感激地说："小茹，谢谢你。"

黄茹用手轻轻摸着丁娟娟的头发，怜惜地说道："傻丫头，你放心，一切都会过去的。"

许洋默默地看着她们，低头看到桌上的烟盒，便抽出一支烟，点燃，狠狠地吸了一口，心中一阵感慨。当初他们四个人在一起玩笑的场景历历在目，谁想竟会发生那么多的事！此刻他不禁在心里暗暗埋怨林放，怎么会这般糊涂，把日子过成了这样？

"娟娟，我今天来，是有一件事跟你说。"许洋等了一会儿，待丁娟娟情绪平静后，缓声说道。

"和他有关吗？"丁娟娟微微一怔，声音有些颤抖。

"是。局里没有确凿的证据认定林放就是凶手，所以我帮他办了保外的手续。他和林伯已经回家了。而且我还听说他回去后就再也没和周爽见过面，一直和他父亲住在一起。"许洋顿了顿，继续说道。

"那是不是就代表他已经没有犯罪嫌疑了"丁娟娟眼中燃烧起希望的光芒。"我听说皓博是他害死的都恨死他了。"

她看到许洋朝自己摆摆手，希望瞬间消失，目光再次黯淡下来。

"娟娟，你别急。我想无论怎样，林放能够出来就是好的。你说呢？"黄茹从旁解释道。

黄茹的声音不大，但每一个字都深入到丁娟娟心里。没错，她说得对，无论结果如何，现在林放能回来就是最好的结果。

"现在虽说他已经回来了，但并不代表就完全消除了嫌疑人的身份。"许洋叹息地说道，"而且我担心的是……"

"担心什么？"丁娟娟急急地、有些语无伦次地澄清道，"许洋，我和林放在一起生活了那么多年。我了解他，他和林伯绝对不会是杀人凶手。对了，他和你不是发小兄弟？你也应该了解的，对不对？"

许洋喝了一口茶，说道："娟娟，先别激动。你刚才说的，我当然都考虑到了。可现在的问题是，林放他自己明明知道这样做的结果是什么，却还要飞蛾扑火。你静下心来想一想，难道这不反常吗？而我担心的也正是这一点，他现在是故意求死。如果真是这样，无论是谁到最后也没有办法救他！"

"故意求死？"丁娟娟脸色惨白，喃喃自语道。"我和他的这笔账还没算完，他怎么能死？"

"林放他是个既善良又纠结的人。娟娟，作为他最好的兄弟，我知道他当初和你离婚是迫不得已。他曾跟我说过，之所以不来看你和孩子，就是因为内心恐惧。"

"他害怕什么？只要愿意回来，无论是我还是孩子都会重新接受他的啊。"丁娟娟又是一怔，此刻她心中属实是五味杂陈。"要

是那样，怎么会有现在的这些事情"。

"他害怕的就是你们不肯原谅他，娟娟你知道，林放从小生活在那样的家庭里，已经养成了敏感自卑的性格。虽然后来和你在一起，有很多快乐。但在情感方面，他仍是极度自卑和被动的。"

"这……这不是鸡同鸭讲嘛！"黄茹看了一眼丁娟娟，愤愤不平地说道，"难怪他们说疯子和天才只有一线之隔。现在看来，这句话还真的有些道理。"

许洋看了一眼黄茹，又继续说道："皓博出事后，虽然林放没有和我说过什么，但我也知道现在的他背负着巨大的压力。"

"压力是什么？许洋，你最好不要给林放开脱。说到皓博这件事，我觉得娟娟承受的难过和痛苦要远远大于他，毕竟皓博一直是娟娟独自抚养的。"黄茹蓦地站起身，激动地说道。

"黄茹你坐下。"许洋安抚着，少顷，他见妻子情绪平复下来，又接着说道，"你说得没错，娟娟承受的难过和痛苦肯定远远大于林放。但林放所承受的自责与煎熬却是最多的。自从孩子走后，他就将所有的罪责都背在了身上。所以我才担心他。因为只有这样，他心里才会轻松，才能得到解脱。"许洋语气沉重地分析道，"所以……""所以什么？"

"黄茹，你让许洋把话说完。"丁娟娟抬起手拉了拉黄茹的衣襟，轻声说道。

黄茹瞪了一眼许洋，气呼呼地坐了下来，不再说话。

"许洋，你有什么话尽管说。"丁娟娟说得很坚定。

"娟娟……"黄茹焦急地想阻止。

丁娟娟微笑看着黄茹："小茹，我知道你为我好。你放心，我都明白。"

黄茹见丁娟娟态度如此坚决，瞥了一眼许洋，便不再说话。

"娟娟，我想不用说，你也应该知道自己在林放心中的分量。他现在就像是个迷路的孩子，爱你，却又害怕你。作为他最好的兄弟，我希望你能带他回家。好吗？"许洋的目光中满是恳切。

黄茹看了许洋一眼，对黄菇说道：

"娟娟，许洋说得没错，只有你才能带他回家。"黄菇刚刚一直在听，她不得不承认，许洋说的是对的，于是便也柔声劝说道，"再给你和他一次机会吧，我想这次一定会不一样的。"

丁娟娟沉默须臾："除非林放能够证明，他不是杀害皓博的凶手。"

许洋和黄菇不约而同呼出一口气，会心一笑。

拾捌

当丁娟娟来到林家的院门时已是次日黄昏。在那之前，她独自在门前徘徊了许久。自从和林放办理了离婚手续，丁娟娟已经有很长一段时间没有来过这儿了。

老人总是值得同情的……每当想起林伯，林家院子依稀的影像我会在她脑海中浮现，她总是这样说服自己。

面对熟悉的院落，丁娟娟内心百感交集，恐惧、兴奋、紧张……复杂的情感交织着一同向她袭来。

不知为何，丁娟娟突然生出想要逃跑的冲动。然而还没等来得及行动，身后忽然响起了一个男子的声音。声音低沉浑厚且富有磁性，其中还含着无限的柔情。

"娟娟……"林放站在丁娟娟身后，直视着她的背影。

自从离婚，林放曾无数次幻想丁娟娟若能够找来，自己一定会义无反顾地回家，重新投入丈夫和父亲的角色之中。哪怕不说一句话，只是一个微笑就足够。然后，花掉所有的心力去扮演，

去担负，去偿还自己欠下的债，和她一道回到最纯真的岁月。如果是这样……然而，幻想是美好的，现实却是残忍的。当现实一次次猛烈地鞭笞着林放的内心，他只能选择逃避。软弱也好，懦弱也罢。人生原本就是一道道无解的谜题。可是今天，心爱的人就这样不声不响地出现在了他的面前，又怎能令他不疑惑，不感伤……

"娟娟，是你吗？"林放见丁娟娟仍背对着自己，复又疑惑地问道。

丁娟娟转过身来，低着头，努力克制着自己的感情，不让泪水溢出。林放看着丁娟娟，一起生活了那么多年，他早已习惯从每一个细微的表情揣摩她的心情。他知道此刻丁娟娟的心情一定是复杂的。要是在以前，每到这时，他一定会将她拥入怀中，轻轻地摩挲她的头发。

"傻丫头，你别这样，我的心会痛。"他总是在她耳畔如此轻轻地说。

"我……我是来看林伯的。"少顷丁娟娟平复下情绪，将手中的礼品盒向上提了提，貌似冷漠地说道。

"哦……那谢谢你……"林放压抑着情绪，感激地说道。

"嗯。"丁娟娟低下头，神情极为尴尬。

林放看着丁娟娟，此时他忽然有了强烈的冲动，想要将对方拥入怀中。然而，右手手臂抬到半空却又再次无力地垂落。林放感到自己的心很痛很痛，痛到窒息。或许这就是心债的代价……想到这里，他疾步来到房门前，将门推开，转身看着她，柔声地唤道：

"娟娟，进来吧。"

丁娟娟看着林放，此刻他的目光里纠结着压抑中的痛苦，期盼中的甜蜜，当然还有那浓浓的爱意……或许这就是他们的命数吧，就像是两条纠结缠绕在一起的丝线，理不清却又剪不断……想到这里，丁娟娟又是一阵难过，她定了定神，随着林放一同走进了屋里，房门在他们身后无声地关上。

就在此时，周爽从二人身后不远处的拐角转了出来，目光阴冷地注视着林家大门。

丁娟娟在林放的陪同下缓步向前走着。往昔的一切不经意地在她的脑海中一一浮现，越来越清晰，就好像是刚刚烧开的水蒸气般氤氲，升腾着……

学生时代，丁娟娟和林放放学后便会一起回到这个院子写作业，然后再一起做晚饭。记得那时因为她爱吃咸的东西，林放便求隔壁的大嫂教自己做炸酱拌面。为了能更好地调整口味，每次做完他还会细心地在面上浇一层葱花和香油。

时隔多年，在丁娟娟怀皓博的时候，不知为何，仍十分惦记那拌面的味道。而林放也依旧有求必应地第一时间将面放在丁娟娟面前，边笑着看她大口地吃，边悉心地提醒她慢点。那时丁娟娟心中极为笃定自己是这世上最幸福的女人，因为自己爱的男人是世界上最好的男人，最好的丈夫，未来也必将会成为最好的父亲……想到这里，丁娟娟心里一阵酸楚，又泛起一层恨意。

"爸，娟娟来看你了。"林放在屋门前停住脚，对屋里的林海生喊道。

"娟娟来了？快让她进来。"林海生的声音从屋子里传出来，显得极为兴奋。

林放转身微笑地看着丁娟娟。不知为何，丁娟娟的心里极为忐忑。就好像林放当年第一次带自己去监狱探望林海生时，兴奋，激动，却又莫名地紧张着。

"不用怕，一会儿看我的就好了。"记得那时林放在她耳畔这般低声说道。声音轻柔，却又极为熟悉。

丁娟娟不由得怔住，从小到大，他无数次地对她这样说。每当遇到事情的时候，也都会冲在最前面，身先士卒地保护她。不过和

别的男生不同，林放身上总散发着淡淡的烟草味，和汗味混合在一起，形成一种特有的味道。

丁娟娟静静地看着林放，点了点头。

随着屋门被推开，丁娟娟好像跟着林放一道回到了那段尘封已久的岁月。

屋子里没有开灯，光线有些幽暗。林海生见丁娟娟走进屋子立刻迎上前来，热情地打着招呼。

"娟娟，你来了？"

对丁娟娟来说，林海生始终是一位慈祥的老人，就像自己的父亲一般可亲。记得当初林放带着她去监狱探视，将结婚的消息告诉给老人时。虽然林海生没有什么钱，但仍承诺将来出狱后会买一件贵重礼物送给她。当丁娟娟拿到这份沉甸甸的礼物时，眼中不禁泛起了泪花。如果不是这样，今天自己绝对不会走进这个院子。

"林伯，我来看看您。昨天我看到许洋了，他跟我说您最近身体不大好，所以就想着今天来看看。"丁娟娟说着将装有补品的盒子递给了林放。

"唉，没啥大事。就是这腰疼的老毛病犯了。人老了就不中用了，让你们惦记了。"林海生在丁娟娟的搀扶下坐到炕上伤感地说。

丁娟娟看炕上除了一个黑蓝色的棉被和一个绣花的老式枕头随意地摆放在外面，其他的被褥都被整整齐齐地叠放在了墙角。

"这些都是林放早晨上班的时候叠的。娟娟，你知道他的工作很忙。但只要有空他就忙东忙西，做饭、搞卫生、洗衣服……抢着干家务。我让他歇歇，可是他却不肯。"林海生絮叨叨地说道。

林放面色微红，迅速低下了头。

"爸，我外面还有点事，先去处理一下，马上就回来。"

"那你顺便买点菜带回来吧，今天晚上留娟娟在家里吃个饭。"

林海生看出了儿子的心事，故意安排道。

"不了，林伯，我明天还有课，今天想早点回去休息，坐一会儿就走。"丁娟娟边说边站起身来，"林放，你别忙了。"

"娟娟，既然到大伯家来了，就把饭吃了再走。"林海生劝说道，"放心吧，都是一些家常便饭，不麻烦。等吃完饭就让林放送你回去休息。"

"娟娟，爸说得对。我刚刚学了几道菜，一会儿做给你吃。"林放的眼神中满是恳求，语气也显得极为绵软。

丁娟娟看着林放，那一瞬间内心好不容易架设好的防线轰然垮塌，取而代之的则是一股难以言说的感觉，由内而外地包裹住了自己。她强忍住鼻酸，微微点头。

林放唇边露出笑容，和父亲迅速地对视一眼，疾步走了出去。

"娟娟，大伯知道你心里苦，林放的心里也苦。他虽然不爱说话，但我知道他之所以干这做那，就是想找个地方能安静一下。"林海生顿了顿，又继续说道，"你们还年轻，虽说眼下遇到了这个坎儿，但大伯想，只要同心协力就一定能迈过去。娟儿，算大伯求你，能不能再给林放个机会，哪怕让他赎罪也好，让他重新振作也罢，给他一次机会。"

"大伯，您的意思我都明白。我承认，当初刚离婚时的确恨过他。为什么就那么冷血地抛下我们母子，头也不回地走掉。如果他能够担负起父亲的责任，或许今天皓博就不会出这样的事。但后来，我想通了，在离婚这件事上我也有责任。是我的草率莽撞不计后果，导致了悲剧的发生。如果他能证明不是杀害孩子的凶手，我愿意给他一个机会，也给自己一个机会。可是大伯，解铃还需系铃人，他的心结必须靠自己才能解决，我们谁都帮不了……"

林海生重重地叹了口气，说道："娟娟，你说得对，的确解铃还需系铃人，放心吧，大伯找时间再跟林放谈谈。"

丁娟娟露出一丝微笑，心中却早已是百感交集，就好像是吃了

一颗七彩的变色糖，酸涩中夹杂着些许期待。可那是什么，连她自己也说不清楚。

公安局刑侦大队办公室，许洋屏气凝神地看着电脑屏幕上的图像，随着他不断地敲击键盘，图像反复后退前进着。突然，许洋站起身，从桌上抓起了烟盒，在燃起一支烟后，来回踱起了步。办公室的门忽然被推开，黄茹提着快餐盒走进来。

"许洋……"

许洋没有理会，仍沉浸在自己的思考中。

黄茹见状来到许洋身后，抬起一只手，轻轻拍在了他的背上。许洋的思路猛然被打断，转过身来，先松了口气，随后笑出声来。

"媳妇，你最近真是越来越调皮了。"

黄茹像个阴谋得逞的小女孩一般顽皮地笑着，将许洋拽到桌前，指了指放在桌上的盒饭：

"吃饭了，我的福尔摩斯先生。"

许洋坐在办公椅上，埋着头狼吞虎咽地吃饭。黄茹走到饮水机前，打了一杯水。

"你傻笑啥呢，整得人胆儿突的。"（东北话：紧张）许洋看到黄茹正用双手托着下巴看着他笑，心里不禁紧张，毫不意外地说了句东北话。

"老公，你刚才是有什么新发现吗？"

许洋'哦'了一声后又说道："新发现倒是没有，不过我在看了视频后，确定了你之前所说的。盗车杀婴案的确系女性所为，如果没猜错，接下来她一定还会有别的动作。小茹，答应我，现在是案件侦破的关键期，你一定要保护好自己，千万不要让我分心，好吗？"

黄茹看着许洋，郑重地点点头。

"哦，对了，我刚刚接到娟娟的电话，她说今天要去趟林家。我想如果一切顺利的话，她和林放的关系应该会有转变。"黄茹转移了话题。

"那就好。我早就跟你说过，解铃还需系铃人。林家眼下经历了这么大的变故，如果能够顺利渡过，林放和丁娟娟一定会更加成熟，更加知道怎样和对方相处，也会更懂得夫妻之道。更重要的是，丁娟娟有这个态度，可能会促使林放更愿意配合我们的工作。"许洋感慨地说道。

"那你呢？"黄茹笑着等许洋的回答。

"小茹，这些天我也有很多话想要对你说。"许洋看着黄茹，忽然抓住了她的手，轻声说道，"谢谢你出现在我的生命里，谢谢你无论在什么情况下都愿意陪在我身边。"

"你……你什么时候也学会油嘴滑舌了？"黄茹羞赧地低下头，轻声说道。

"以前我并没有太深刻的体会，甚至有时还会觉得你很烦，啰啰嗦嗦个没完，性格也过于直接，经常口无遮拦到使人下不来台。为此，咱们也曾经有过争吵。但现在我明白了，是自己过于挑剔，过于执着了。夫妻之间该有的是包容，而不是指责。而且像我老婆这般美丽聪慧的女子，更值得我全身心地呵护。"

许洋说着将头凑到黄茹跟前。黄茹紧张地闭上眼睛，睫毛也微微地颤动着。两人的距离越来越近，就在唇即将碰触到一处时，随着一声重重的开门声响，张杰气喘吁吁地出现在了门外。

"洋哥！"

黄茹和许洋连忙分开，二人看向张杰的眼神不约而同透露着尴尬。

"嫂子也在啊！你们不会是……"张杰察觉到二人细微的表情变化，尴尬地说道，"对不起，对不起。我向天发誓，刚才什么都没看到。你们俩要是愿意，可以继续。我先走了！"

张杰转身要走，许洋将其叫住：

"站住，你要上哪儿去？这是办公室，工作为主！"

"那行，"张杰犹豫了一下走进了办公室，"那我就回来了。

洋哥，我这么着急找你，是有个事得先向你吹吹风。"说到这里张杰压低了声音，"我刚才路过局长办公室的时候，听到石局在打电话。好像省局催他尽快将'三五'案结案。"

"'三五'案的真凶还没有查清楚，怎么结案？"许洋疑惑地说道。

"哥，你说到重点了。现在虽然林家父子先后自首，但是现在还不是结案的时候。"张杰紧皱着眉头。

许洋看了一眼黄茹，来到了张杰面前，用手拍了拍他的肩膀，感激地说道：

"好兄弟，谢谢你！我这就去找局长，无论如何，都要将这桩案子弄个水落石出。"

拾玖

局长办公室，许洋站在石瑶办公桌前说了半天的话，对方却始终只是低头不停地敲击着键盘。

"局长，人命比天大。我知道上级领导现在都等着结案，但是在案子没有彻底调查清楚之前，就写结案书，那就相当于在草菅人命啊。"许洋焦急地说。

"许洋，你要知道我现在的压力。本来这件案子就比较特殊，再加上媒体的宣传报道，以至于关注的人越来越多。更有甚者，前段时间还有一个女明星在微博上因为这件事与别人对骂，弄得满城风雨。现在恨不得全国人民都知道这件事了。要是再不结案，就会引起更大的影响，你懂不懂？"石瑶站起身来，神情严肃地说。

"我知道领导的压力大，但现在还不是结案的时候。老师，从进警察学院上学的第一天起，您就告诉我警察的天职是讲求公平。我现在正在努力用实际行动实践一个警察的箴言。"许洋看着石瑶，坚定地说道。

石瑶凝视着许洋。他说得没错，他们不仅是上下级也是师生和亲密无间的兄弟。面前的这个年轻人从当年考入刑侦专业的第一天开始，自己就是他们班级的教导员。也正是因为这样，他们成了彼此最信任的人。此刻最值得骄傲的学生正以最热忱的目光注视着他，期盼着最无私的信任。

你小子竟然给我上起课来了，你以为我就不想把案子彻底搞清楚？你去告诉张杰，让他抓紧时间查案。

"局长……"许洋焦虑起来。

"这是命令！"石瑶的语气骤然加重。

"但……"许洋还想继续说下去。张杰从警以来一直是他的副手，他不是信不过。但是"三五"案错综复杂，若是办理不当定会出现不可挽回的错误。作为一名办案经验丰富的警察，他希望能够有机会来亲督办案。

石瑶坐下来，摆了摆手，不再说话。许洋无奈地看着他，半晌后将一张光盘放到他的桌子上。

"这是黄茹和张杰他们从交警大队那边拿来的案发当天的视频记录。虽然看不清楚犯罪嫌疑人的五官，但单从画面上看，凶手定是女性。"许洋一字一顿地说。同时经过排查犯罪车辆仍没有确定。

在石瑶的注视下，许洋转身向门外走去。忽然，停住脚步再次看向石瑶。

"老师，无论您是否同意让我参与案件侦破，我都会将追凶这件事坚持到底。因为这关系到一名警察的良心。"

许洋说完，快步走出局长办公室，脚步声很快便消失在走廊的尽头。

丁娟娟离开林家已近午夜。原本她只想探望一下林海生便离开，无奈老人坚持让她留下并在极短的时间内准备了一餐丰盛的晚饭。这是她和林放离婚后第一次在林家吃饭。饭桌上，老人边热情地给她夹菜，边话里话外地暗示她能与林放重归旧好。吃完饭见丁娟娟要走，更是忙不迭地催促着林放送她。

入夜，林放和丁娟娟并肩沉默地向前走着，尽管两人谁都没有说话，心跳却格外慌张。白日喧嚣的街道此刻格外静谧，远处霓虹灯闪烁。街风寒凉，丁娟娟下意识地抱紧了双臂。林放见状，默默脱下大衣披在她的身上。二人对视之中，恍惚回到了往昔。

五年前，也曾经有过这样的一个夜晚。在去参加朋友婚礼的途中，丁娟娟不慎将脚扭伤。等了很久路上也没有车子经过，眼见痛得越来越厉害，两人焦急万分。为了不再拖延时间，丁娟娟就让林放去参加婚礼，自己一个人去医院。她不断地催促要他赶快走，可是无论怎样劝说，林放都不走。后来丁娟娟见实在拗不过林放，只得由着他将自己背到医院。

记得那天走了很久才碰到车子，当时汗水早已将林放的衣衫打湿，刚一上车便累瘫在了座位上。

要是后来没有那么多的事情发生，该多好……林放在心中悲叹着对自己说。

小区楼下，丁娟娟停下了脚步，对林放稍显客套地说道：

"林放，谢谢你送我回来。"

林放点了点头，看着她向楼门走去。

"娟娟，我以后可以来找你吗？"纠结须臾，林放鼓足勇气问道。

丁娟娟停下脚步，转身看向林放。虽然她仍旧没说话，但脸上的表情却已经缓和了许多。林放的唇边泛起一丝微笑，心情也随之变得轻松，看丁娟娟走入楼门，林放更是高兴得手舞足蹈起来，就像是一个通过努力学习终于在期末考试拿到一百分的小学生。

楼上窗口的灯光亮了，林放抬起头看到丁娟娟在窗台边正俯身看着自己，当发现他察觉了后，又迅速转身从窗口掠过，灯光也随之熄灭。

林放突然想起，这一幕在多年前也曾发生过。那时他们还在高中读书，班级里不知从什么时候开始兴起了传纸条的活动。上课的时候，总会有一些学生趁着老师不注意，偷偷地用纸条交换着信息。

那时林放和丁娟娟正处于爱情的萌芽阶段，恨不得二十四小时都在一起。但是从确认男女朋友关系的那一天起，她就和他约法三章。其中最重要的一条就是上课时不传纸条，不能影响学习。然而，不知从什么时候开始，林放发现丁娟娟总是不经意地看向自己，当两个人目光纠缠在一处时，却又匆匆地回过头装做认真听讲的样子。

说到底，时间虽然早已流逝，丁娟娟却仍是他心里最初的那个女孩。

娟娟，谢谢你，这次我一定会好好把握这来之不易的幸福，加倍地爱你。你要等着我来寻你……

贰拾

茶室，张杰和黄茹看着闷头吸烟的许洋，面面相觑。从局长办公室出来后，除了和他们一起去茶室，许洋整整一个小时没再说一句话。

"洋哥，局长到底跟你说了什么啊？"张杰看了一眼黄茹，好奇地问道，"这里只有咱们三个，有什么话你就说呗。"

许洋将烟头熄灭，扔进了桌子上的烟灰缸，抬起头仔细地打量

了张杰片刻。

"张杰，咱们兄弟在一起配合工作多少年了？"

"从来队里的第一天，就是洋哥带着我，后来又给你做了副队，前前后后差不多八年了吧。哥，你今天是咋的了？怎么感觉怪怪的。"张杰疑惑地问。

"好，既然咱们兄弟搭档这么多年，我的脾气秉性你也应该知道。"许洋没有回答张杰的问题，仍继续说道。

张杰肯定地点了点头："那必须。"

"洋哥对你咋样？"许洋继续问道。

"许洋，你今天是怎么了？"黄茹疑惑地说道，"有事就说呗。"

"你别打岔，让张杰把话说完。"许洋轻轻阻止黄茹道。

"这么多年来，洋哥就像亲哥哥一样照顾着我。无论什么情况，一直竭力地保护着我。"张杰说到这里，忽然像是意识到了什么，顿了顿继续说，"哥，你要是真有什么事情要我做，就直说吧。刀山火海我张杰也肯定给你办到。"

"行，那我就放心了。"许洋在张杰面前的杯子里续上茶，"张杰，洋哥确实有件事需要你帮忙。"

"哥放心吧，只要是你说的，我张杰绝没有二话。"张杰拍了拍胸脯郑重地承诺。

"好，那我就放心了。刚才在办公室局长要我把'三五'案移交给你独立去办。"许洋直视着张杰一字一顿说道。"移交给我？"张杰不禁怔住，"这……当初他独立去办，可不是这么说的，怎么突然间要我独立办案？"

"他虽然没说具体原因，可我也能理解。"许洋点燃一支烟幽幽说道，"张杰，你也知道我和林家父子的关系，按照公安的规章制度我的确不应参与到案件中来。而且现在'三五'案经过媒体报道后，弄得沸沸扬扬，全国尽人皆知。再加上林家父子的自首行为，想来我的确到了该规避的时候了。"

"这件案子本就复杂……洋哥，这个案子你绝对不能放。"张杰先是一怔，沉吟片刻起身说道，"我这就去找局长谈，无论如何都要让他改变决定。"

许洋起身拉住了他："张杰，一切工作得按制度办，我说我不负责这个案子。但是我没说不协助你，彻底放手。我想过了，你来接任这个队长。石局不是要我回家休息吗，好，那我就暂时休息好了。但是我要有线索也会随时提供给你，如果需要出警，只要不影响原则，我会亲到现场。"

"可是洋哥，这样就太委屈你了。"张杰的眼睛有些湿润。

"做警察的，不要太计较个人得失，公理和良心才是最重要的。"许洋像是鼓励张杰，也像是安慰自己，"你要记住，无论什么时候，咱们都不要放弃最初的誓言。"

张杰看着许洋，郑重地点头。黄茹看着两人，感慨万千。

三人从茶馆出来，许洋又简单地和张杰嘱托了几句注意事项，随后他和黄茹才回家休息。

回程途中，车载 CD 仍然播放着《蜉蝣》，在黄茹的注视下，许洋沉默地开着车。

"老公，我理解你现在的感受。现在只有咱们两个，你要想发泄就尽管发泄出来吧。"黄茹察言观色、善解人意地说道。

"我有什么可发泄的？回家陪陪你，不好吗？你以前不总说，我把家当成旅馆了吗，现在好不容易有个时间能在家陪陪你，你还不开心啊？"许洋嘴上笑着，眼睛却已经发红。他从很小的时候便从做警察的父亲那里明白了一个道理，作为一个男人，无论什么情况都不要让情绪过于外露，更不能将自己的情绪加诸在其他人的身上，即便这个人是你最亲近的人也不可以。

"可是……"黄茹还想继续说下去。

"放心吧，我没事。"许洋迅速地打断了她，"你要是困了就先睡会儿，等一会儿到家我给你煮面吃。"

　　黄茹默默地看了一会儿许洋，闭上了双眼。作为妻子，她知道丈夫的性格。只有一个人的时候，他才会让情感外化。半晌，她忽然听到了一阵抽纸窸窣的声音，即便不睁眼也知道此刻许洋的眼中一定有泪。

贰拾壹

　　正如黄茹先前所预料的那样，从那天晚上开始，许洋便很少在她面前提"三五"案的进展。除了每天和张杰通上两三次电话，大多数时间他都在家看电视看书，就好像什么都不曾发生。

　　无论怎么想，生活都只会按照它原有的样子进行，不会为谁而改变，更不会为谁而停留……

　　清晨，一辆白色轿车停在丁娟娟家楼下。车的右侧门开着，地上横七竖八地散落着十几根烟蒂。林放靠在驾驶位上，睡意正酣。

　　"小伙子，这里不准停车。"

　　林放听到声音迷迷糊糊地睁开了眼睛，他看到车旁一位戴着红袖章、身材不高、大约六十岁的大妈。

　　"你抓紧时间把车停到那边去。"大妈见林放醒来便向右侧指了指，"那是停车位，这里不准停车。赶快把车开走，不然就交罚款。"

　　大妈的神情庄重威仪。虽然只是一个普通的收费员，但看气场却好像是一名统领三军的总司令，在调度着眼前的千军万马。

　　"大妈，对不起，是我错了。"林放赶紧赔笑。

　　"嗯。"大妈似乎对他的回答很满意，用鼻子轻轻地哼了一声算作回答，接着又说道，"这里也不准吸烟，而且抽烟对你自身的健康也不好。尤其是你这到处乱扔烟头的毛病，真得好好改一改。"

"是，大妈，我记住了。"大妈虽然依旧絮絮叨叨，林放的心中却感到了一丝温暖。他想到早已辞世的母亲，曾经也是这样一半管教一半关心地温暖着自己。

林放把车停在车位上后便快速走去街边的早餐店。虽说留过学，他却并不喜欢比萨、奶油、洋面包……要说对口味，还是油条、豆浆、咸菜、粥，这些既清淡又有营养的饭食。对了，今天是星期六，丁娟娟应该也还没吃早点。在一起的时候每到周末她就会轻断食，虽然他也曾反复提醒她吃早点，但是她总说要保持身材，不能乱吃东西。他说等老了胃口都会不好。再说，自己也从没有嫌弃过她，无论是胖是瘦，就算形体保持得再好，可健康更重要。女人还真是一种奇怪的物种。算了，一会儿还是给她打包些东西吧……

林放边吃着早点，边胡思乱想着。等到下定决心，手中的油条也恰巧余下了最后一口。他速战速决地把这一口放进了嘴里，然后起身向店主喊了一声：

"老板，打包，结账！"

清脆的门铃接连响了几声，穿着睡衣、头发凌乱的丁娟娟把门打开。当看到来人，她好不容易才得以平复的心情又忽而慌乱起来。上次和林放见过面后，丁娟娟便感到了复杂的情绪。这么多年的经历就像放电影一样，不断堆叠出现在她的脑海里。初恋、结婚、生子、离婚……即便是躺在床上，逼迫着要自己睡觉，却也依旧如故。心底的矛盾越发强烈，是爱，是恨，连丁娟娟自己也说不清楚。

"怎么，不让我进去吗？"林放笑了笑，自嘲地说道。

丁娟娟没有说话，转身向客厅走去。林放看着她的背影，会意

地脱鞋进门。

客厅和凌乱沙发上的衣物，茶几上胡乱堆积着没来得及整理的书报和杂物以及还没有吃完的方便食品。窗帘零乱地散在地上，好像很长时间都没有被人打理过。林放环视着四周，心中不觉又是一阵痛楚。

"坐吧。"丁娟娟平静地说，声音不悲不喜。

林放看了看丁娟娟，来到沙发前细心地将衣物叠好码放在了扶手上，然后又拿来了储物箱，将茶几上的杂物分门别类地摆放了进去，盖好箱盖送回到原处。继而将方便食品的包装袋扔进垃圾桶，出门倒完垃圾后，又拿来了抹布、扫帚和拖布……

他的动作极其娴熟，一看就知道是这家的男主人。

"不是跟你说过，膨化食品对身体不好，以后少吃点方便面和薯条，多吃饭菜和水果。你要是一定想吃薯条，回头有时间我帮你炸。对了，还有那个爆米花，你以后也最好少吃点，糖分太高，而且里面又都是香精，对身体没有好处。"林放边干活边说，"一边嚷嚷着要减肥，一边又拼命地吃那些不好的东西。你呀……"

丁娟娟看着林放，眼睛有些湿润。以前他也是这样，一边唠唠叨叨个没完，一边又麻利地为自己做这做那。以前她也嫌烦斗过好多次嘴，但每次都败下阵来。记得林放曾经说过，这个时候他才最放松，也是最真实的。

收拾妥当，林放满意地踱着步四处打量着自己的劳动成果。随后轻车熟路地来到书架前，从里面抽出了一本做工精细的玻璃影集。翻看着相册里皓博的照片，从百天到两岁，每一张都按照时间顺序精心排列着，下面的纸签上用黑色的中性笔标记着拍摄时间。

"他很乖的，无论见到谁都只笑不哭。邻居婶子大妈们都说这孩子一看就是个有福气、好脾气的孩子，长大了以后也一定会很好。只要给他个玩具，无论是什么，都能安静地玩上半天。我知道，他虽然不爱说话但也知晓妈妈不容易，是真的心疼妈妈……"丁娟娟坐在沙发上，声音哽咽着，眼中早已泛起晶莹的泪花。

林放的手不由自主地颤抖起来，泪水滴落在照片上。

"我有时候也在想，是不是自己当初做错了。哪怕为了咱们这个家，为了孩子，也不该那么冲动。"丁娟娟痛苦地闭上了眼睛，"林放，我对不起你，更对不起咱们的孩子。"

"娟娟，早饭放在厨房的桌子上了，你记得趁热吃，凉了容易伤胃。我……我先走了。"说完，林放飞也似的走出门去。

入夜，路边的烤鱼摊喧嚣热闹，林放落寞地将一杯杯酒水倒进了腹中。离开了丁家后，他的灵魂就好像抽离出肉体，缥缈却没有停下的地方。方才在心理医院，面对着唠唠叨叨、各种苛刻要求的患者，一时竟按捺不住怒火，与对方吵起来险些大打出手。

也正是由于这件事，林放在遭到院长训斥后，想都不想就提出了辞职，并且未等对方有所反应就抱着装有私人物品的纸箱离开了医院。

生活、工作，对于现在的林放就像是一座座压抑灵魂的火山。时间越久，痛苦就越强烈。现在他已到了炽热且崩溃的边缘，那就让酒水抚平内心。可为何酒精不仅没有麻醉心灵，反而将情绪放大变得更加活跃。林放呆呆地看着杯口，娟娟和皓博的脸反复交替浮现在杯口，那些或喜或悲的情景也随之鲜活起来。

手机铃声响起，屏幕上跳动着周爽的微信语音。林放点开来，熟悉的声音传来，还是以前那般婉转动听，充满了魅惑，却又让他感到从未有过的恶心。

"老公，你在哪里？咱们很长时间没有见面了，我很想你。你

今天有时间吗？回家吧，我等你。"

语音很长，林放没等听完便匆匆切断了。借着酒劲他做出了一个决定，将周爽的微信彻底拉黑。

林放将手机放进风衣口袋，拿起了杯子，继续一杯接一杯地喝起来。

没一会儿手机突然又响起，他不耐烦地按下了接听键。

"谁呀？"

"林放，是我，我是许洋。你现在在哪儿？我想找你说点儿事。"

"许洋啊，我在文华路的明明烤鱼店。"刚说完林放忽然眼前一黑，摔倒在了地上。四周一片惊呼，他却根本没有反应，手机中传出许洋焦急的声音。

贰拾贰

林放再次醒来的时候发现自己躺在病床上，身旁输液瓶中的药水顺着针管流入他的身体。林放微微地动了动手，针头处渗出了一片殷红的血，疼痛也变得强烈。

"你小子千万别乱动，万一针头回了血，可不是好玩的。"坐在一旁的许洋见状连忙阻止。

"许洋，你怎么会来？我怎么会在医院？"林放看着许洋，疑惑地问。

"你还问我，记不记得昨儿自己喝了多少酒？整整二十五瓶！兄弟，你以为自己是杜康还是李白啊？要不然就是想在胃里开酒窖，故意存酒是不是？我昨天晚上一到烤鱼店就看到你仰面朝天地躺在地上，怎么弄也叫不醒。没办法才开车把你送到医院来，医生给你洗了胃，又开了三针解酒药。现在刚巧是第三针，等会儿就可以回去休息了。怎么样？感觉好些了没？对了，你为什么要这么拼命地喝酒？"

林放开了许洋一眼，随后低下了头。

"我昨天去家里看娟娟，她又提起皓博，所以心里一烦就又喝酒了。""兄弟，谢谢你的关心。"林放感激地看着许洋，表面轻松心却在滴血。

"你小子，既然知道咱们是兄弟，有什么事情就别自己死扛着，别忘了，无论到了什么时候，你至少还有兄弟。"许洋真诚地看着林放，有些生气地说道。

林放微微颔首，唇边带着苦笑。

"对了，我记得你昨晚打电话说有事情，"林放坐直身子，用左手依次揉了揉两侧紧绷的太阳穴，"什么事？"

"这……"许洋露出忧郁的神色，目光也刻意地躲避着。

"兄弟，有话你就直说呗。放心，你兄弟我好歹也是经历过大风大浪的。无论什么时候，天都不会塌下来。"林放察觉出许洋内心的纠结，开玩笑地说道。

"那行，我可以告诉你。不过你要答应我，千万不要冲动，而是用这儿来解决问题。"许洋指了指自己的脑袋。

"行，我答应你。"

林放感到一丝诧异，作为发小，他知道许洋从小到大就不是这么婆婆妈妈的人，今天这一反常态的样子真让人捉摸不透。究竟是怎么了？还没来得及多想，许洋就已经给出了答案。

"我听黄茹说，丁娟娟今晚六点要在蓝海饭庄相亲。"

林放怔怔地看着许洋，一时竟不知该如何回答。

"或许这件事我不该管，也不该和你说。但思来想去，还是觉得应该说。林放，无论怎样，你都要尽快拿个主意出来。如果真的喜欢娟娟，就要想尽办法把她留在你身边。"

"你知道对方是谁？"

"听说是一家私企的业务主管，人长得很斯文，而且为人也很好。"

"哦？"林放的语气中隐隐透出醋意。想到丁娟娟可能会另选他人，他的心便撕扯般地疼痛。

"林放，无论怎样我都是那句话，如果你真的爱娟娟，就不顾一切去争取吧，或许还有转机。"许洋看穿了林放的心思，鼓励道。

林放直视着许洋没有说话，内心却早已掀起了重重波澜。

蓝海饭庄，轻柔的音乐声中，丁娟娟和相亲对象面对面坐在沙发上，表情客套而拘谨。

"邱先生，您或许已经知道了我的情况。我的条件并不好，离过婚，孩子又刚刚去世，您条件这么好还是应该考虑更优秀的女孩，我配不上您。"丁娟娟原本不想来这里搞什么荒唐的相亲，只是迫于介绍人的面子才来，因为从一见面，她就一直在极力说服相亲对象放弃对自己的追求。

"丁小姐，我很感谢您能为我着想，在来之前，您的朋友菱悦已经向我介绍了您的情况。她说您端庄优雅、温柔贤淑，是理想的结婚对象。或许您现在还不了解我，不过没关系，以后有的是时间。先说一下我自己吧，我这个人的家庭观念一向很重，只想找一位真正谈得来的伴侣。你也大可不必自卑，如今离婚率这么高，过去的事情完全不必计较，只要今后咱们能够好好生活就行了。"相亲对象微笑着，举手投足间尽显绅士风度。

"可是……"丁娟娟低下头去，边喝着饮料边搜肠刮肚地想着婉拒的话语。

"可是她现在已经有了喜欢的人，所以希望您还是放弃。"

丁娟娟愕然地抬起头，看到林放正站在自己身边，目光犀利地盯着相亲对象。

"你是？"相亲对象看了一眼丁娟娟，讶异地问林放。

"对不起，我忘记做自我介绍了。"林放表面仍保持客套，话里却暗藏锋芒，"我叫林放，是丁娟娟的前夫，也是她最爱的男人。"

相亲对象看了一眼林放，又看向丁娟娟。

"丁小姐，林先生说的是真的吗？"

"我……"丁娟娟有些语塞，虽有些气恼，更多的却是如释重负。

"娟娟，既然这位先生向你确认，那你不妨将我的身份告诉他，反正咱们复婚的消息迟早也是要公开的。"林放将手搭在丁娟娟的肩膀上，故意作出亲昵状。

丁娟娟看着林放，不知该如何回答。

"林先生，我想丁小姐既然不愿意承认你们的关系，你又何必逼迫她？"相亲对象用同样的冷漠回应着林放，语气中满是较量。

林放与相亲对象彼此瞪视着，活像两只气宇轩昂、等待比试的大公鸡，为了争夺一只母鸡进行着最后的较量。

"娟娟，你快告诉我，咱们到底是什么关系？"林放催促着丁娟娟。

丁娟娟沉默了片刻，忽然站起身来冷冷地说："林放，你不要在这儿胡闹了。"

丁娟娟的声音虽不大，气势却很足。林放的心猛地一紧，转过头瞪着丁娟娟，眼神中透着深深的绝望。

"娟娟，你这话是什么意思？我怎么胡闹了？"见丁娟娟不说话，只是沉默地看着自己，林放急急问道。

丁娟娟不知该如何回答，只有低下头去，刻意逃避着林放的目光。

"林先生，丁小姐已经表过态了，我想您还是放弃这无谓的纠缠吧。"相亲对象带着胜利者得意的微笑，如释重负地说道。

"你闭嘴！"林放转过头去，对着相亲对象愤怒地嘶吼道，"这里没有你的事。娟娟，你是爱我的对不对？你快告诉他，我才是你最爱的男人！"

"林放，你是个男人，我希望你能够平心静气地解决问题。"丁娟娟看着林放，无奈地说。

"好，我平心静气。"林放的眼神满是哀求，"娟娟，你看着我的眼睛说，我到底是不是你最爱的男人？"

"林先生，既然丁小姐不愿意回答，你又何苦再逼迫她呢。"相亲对象忍不住插嘴道。

"娟娟，我知道你是爱我的。你之所以不说话，还是在生气对不对？"林放仍不愿放弃最后的希望，继续说服她。

"林放，咱们之间有太多痛苦的过去，我实在不想再让悲剧重演。对不起！"丁娟娟匆匆抓起放在沙发上的包，快步离去。

林放仍想上前劝阻丁娟娟，却被相亲对象拦住。

"林先生，丁小姐既然让你退让，您就应该给予尊重。这样死缠烂打地纠缠下去是不会有结果的。"

相亲对象的声音不大，却如重锤一般狠狠敲进林放的心里。林放瞪视着对方，乘其不备猛地挥起一拳，将其击倒在地。

娟娟，我承认之前是我不好，伤你太深。可我愿意用余生来弥补，你能再给我一次拥抱的机会吗？

贰 拾 叁

客厅的 24 寸壁挂电视转播着中超甲级联赛,赛场上山东鲁能泰山足球俱乐部和上海上港集团足球俱乐部比赛正酣。随着比分持平,场上喊声此起彼伏。

黄茹和许洋依偎在沙发上,边抢着果盘中的爆米花,目不转睛地盯视屏幕,边聊着和球赛相关的事情。

"媳妇,你知道吗,我和林放以前一到周末就会去体育馆踢足球。他最喜欢马拉多纳,我呢,最迷罗纳尔多。那时候我们只要出现在球场上,就会引来关注无数。"许洋忽然兴奋地说起来。

"我以前也听娟娟说起过,她最喜欢的就是看林放踢足球,他那时候留着中长发,每次奔跑,头发在阳光下闪着光迎风飘动,简直太帅了。只可惜没有观战的机会。"黄茹不无遗憾。

"说起来,林放还救过我一次命呢。"许洋陷入往事的回忆中。

黄茹没有说话,只是静静地看着许洋。说到底,兄弟之间的情感是最难割舍的。

"初中二年级的时候,我们有一次踢球。那次不知是怎么了,对方球员的球直接撞到了我的小腹上,当时就疼得不行,多亏林放及时把我送到了医院。后来医生对我爸说是冲撞过度导致盲肠破裂。"许洋边说边燃起一根烟吸了一口。

"后来呢?"

"你也知道那段时间我爸妈离婚了,我爸没有家庭的束缚后,

原本工作就忙，离婚后更是经常不回家，根本没有办法管我。林放不放心我，就干脆留在了医院，照顾我直到出院。"许洋眼中泪光闪闪，继续说道，"也就是在那个时候，我把他当作了亲兄弟。我告诉自己，无论在什么情况下，我都必须要陪着他走下去。亲兄弟，一生走！可是不知道为什么，面对这个案子，我却只剩下深深的无力感。当在审讯室时，我面对着他，想保护，可又没有能力保护。我真的很恨自己……"

许洋说到这里，用颤抖的双手抱住了头，目光中满是痛苦。

黄茹理解丈夫此时的心情，她从后面紧紧地抱住了许洋。如果力量真的能像传说中圣斗士的小宇宙那般被输送，那么此刻她真的希望能将全部的力量传递给自己最爱的人。

门铃突然响起，许洋仓促擦掉眼角的泪水，吸了口气，神情也平静下来，转头看了一眼，黄茹会意地起身开门。

"林放，你怎么来了？"黄茹兴奋到语无伦次。

"怎么？不欢迎我来吗？"林放笑着提了提手中拎着的装满食品的塑料袋，"我刚刚去逛了下超市，突然想到好久没有和许洋喝一杯了，就来了。"

林放的语气很平静，一如从前。

"黄茹，你要是不欢迎我来，那我就走了啊。"他见黄茹仍怔在门口，便打趣地说道。

"欢迎，谁说不欢迎！"许洋接过话头，"我是你兄弟，你想什么时候来就什么时候来，开心住多久就住多久。"

在黄茹微笑注视下，许洋和林放右手握拳有力地碰撞了三下，然后二人开怀大笑。

"许洋，你今天怎么这么好的兴致啊，竟然偷偷躲在家里看球，队里不忙了啊？"林放从塑料袋中拿出一瓶绿茶，递给了黄茹，又将一罐啤酒扔给许洋，自己打开一罐啤酒边喝边问道。

"你还说呢，现在这足球比赛真是越来越难看了。我刚刚还跟黄茹说，咱们以前一起踢球的事情。今晚上你就留下，"许洋看着林放，迅速转移了话题，"咱们好久没有彻夜长谈了，你来得正好，一会儿黄茹要去电台加班，咱俩好好聊聊。"

看到林放的目光显得有些犹豫，许洋又给黄茹使了个眼色。

"林放，许洋说得对，我一会儿得去电台加班。你就留下来陪他看球吧。"黄茹见许洋看着自己会意地说道。

"那……好吧。我要是坚持走，是不是显得咱俩之间太塑料兄弟情了。不过黄茹你可千万不要误会，我和许洋可都是一等一钢铁直男，绝对不会有任何事情发生。"林放开玩笑道。

三个人开怀大笑，客厅里的氛围也随之变得热闹了起来。

吃罢晚饭，黄茹便去电台加班了。许洋和林放一同收拾完碗筷，又打开了电视，选了一部叫《英雄本色》的电影，二人喝着啤酒东拉西扯地聊着天。

对于八零后的他们来说，《英雄本色》承载了最初对英雄的全部幻想与理解。豪哥的仁义、阿杰的帅气和小马哥那无法遮挡的英气都令他们感动与向往。

许洋和林放清楚地记得，第一次看这部电影是他们读初一那年。那天他们如获至宝地从学校对面的租碟铺淘到这张碟，便忍不住撬课一路狂奔来到了林放家。将窗帘全部放下后，两人便围在录像机前面，饕餮般享用这难得一见的视听盛宴。

记得看完这部电影后，许洋和林放萌生出逃学闯荡江湖的想法。要不是后来丁娟娟的揭发，可能他们真的就留书弃学，也不知会流浪到何地去。

要是那样，也就不会有后来的故事，不会有伤害与被伤害、不会有那么多的痛苦与纠结……可人生不是电影，无论你愿不愿意，时间都不会因此而停留。

小马哥曾在电影中说："我倒霉了三年，就是在等一个机会。不是要证明我比谁威风，只是想告诉人家，我不见了的东西我要自

己拿回来，我要争口气。"

可是，现实中不小心弄丢的东西真的会如电影中那样轻而易举
再拿回来吗？还是要付出更加沉重的代价？

那天晚上，许洋和林放就这样亲密地聊着，从童年到成人，成
长的印记、过往的经历、对彼此的看法都在亲密无间的话语中得以
加深增进。

凌晨，许洋朦朦胧胧地听到林放摸索起床，还有他轻声说的那
几句话：

"许洋，我知道这么多年你一直对我很好，可是关于这个案子
的问题由于咱们两个的关系我必须到公安机关去说，要是我出事了，
拜托你帮我照顾娟娟。她已经那么苦了，往后的日子希望她能顺利。
你也要照顾好自己，记住，无论到什么时候，你都是我林放今生唯
一的兄弟。好好和黄茹过日子，可能的话就要个孩子，毕竟老了还
有个依靠。另外，帮我照顾好我爸，逢年过节去看看他，别告诉他
我的事……"

许洋来不及多想，此刻不堪困倦的他以为那只不过是场梦，是
他连日来对林放过多的担心。直到后来的某一天才知道，林放在说
这些话时心中的决绝。只可惜许洋却再也没有机会抱住自己今生最
亲的兄弟，再续这份浓浓的手足情。

贰拾肆

林放在公安局对面的街上徘徊着，从一个小时前来到这里，他
的心中便满是纠结。经历了那么多事情，如今终于到了他该表明态
度的时候。然而不知为何，此刻脑子异常混乱复杂，丁娟娟、皓博

和周爽三人的影像不断交织着在他脑海中浮现。对于丁娟娟，林放有爱，更有愧。对于周爽，他的内心则是矛盾到无法言说。想到皓博，他更是撕心裂肺的疼痛。由于自己的过失，可怜的儿子早早地魂归天国，这一切都是由于自己禁不住那个蛇蝎女人的诱惑，想到这里林放为儿子报仇的心就更加坚决。

林放没有对任何人说过，就在去许洋家前，他与周爽见了一次面，而这最后的见面却因为话不投机陷入尴尬，最终不欢而散。

"林放，我告诉你，我从来都不会放弃在意的东西。即使得不到，也绝不会让其他人得到。"

周爽临走前恨恨地扔下了这句话，同时也留下了一个冷绝的眼神。此刻回想起来林放仍感到不寒而栗，心中满是恐惧。

和周爽在一起这些年，林放知道周爽是个说做便做的人。以前也曾笑过对方的直爽，可是今天当这直爽以另一层含义来诠释的时候，他却只感到了莫名的恐惧。林放不知道前面等待着自己的是什么，或许正如一首歌中唱的那样'沉默是金'比较好。然而，人生真的会有那么多沉默是金的机会吗？究竟该知难而进还是迎难而退，想来真是一道无解的谜题。

林放忽然停住脚步，他看着公安局的大门，目光中充满了坚决。深吸一口气又轻轻地呼了出去，接着便疾步向街对面走去。

突然一辆黑色的桑塔纳轿车从斜侧面冲了出来，毫无预兆地撞向了林放。在路人的一片惊呼中，他的身子高高地弹了起来。一瞬间，灵魂仿佛从体内抽离了出去，变得轻盈自在。继而又重重地摔到了地上，鲜血汩汩从体内流出，殷红刺目。林放茫然地看着前方越聚越多的人，目光变得呆滞而空洞。

仿佛在街对面，丁娟娟推着坐在婴儿车里的皓博拨开人群走了过来，林放吃力地抬起右手去想要握住她的手，然而四周却只是一片冰冷。少顷，右手便无力地垂下。看了母子俩一眼后，带着无限留恋合上了双眼。或许是累了的缘故吧，林放很快便进入到熟睡状

态。身体像在蓝色的海面上漂浮，舒缓而惬意。唇边泛着若隐若无的微笑，一滴泪顺着脸颊流下，落在了地上。此时此刻躲在阴暗处的周爽，唇边泛起一丝冷笑转身离去。

一家咖啡馆里，丁娟娟托着下颌看着窗外。现在正是学校一年一度的职称评聘时间，对于大学教师尤为重要。若是能够评聘成功，每个月的工资单上总会再多出几百块钱。不过对于丁娟娟而言，意义则更为不同。这已经是她第三年申请副教授了，前两次都因为与学校领导撞车而惨遭淘汰，这一次无论如何都不能再错过。今天上午下课后，丁娟娟没有和其他人打招呼便躲了起来。本想再多写一篇论文，但不知为什么心里始终乱糟糟的。

林放眼中的痛苦再次浮现，丁娟娟的心头无论怎样都平静不下来，如烈火一般灼烧着她的心，痛苦不堪。林放说得对，除了他，这辈子心里也不会再装下别人。即便是在刚刚离婚的时候，因为痛苦彻夜无眠，每天只能借着安眠药断断续续地睡上几个小时，也没有真正恨过他。丁娟娟从没有跟任何人说起过，就在民政局办理离婚手续的那天，她回到家后就把结婚照片撕成几半。然而仅仅过了一个小时便又流着眼泪拿着透明胶把照片重新粘了起来。人的内心就是这般纠结。

电话铃声突然响起，黄茹的名字在手机屏幕上跳动着。她平复了几秒，按下了接听键。

"娟娟，你在哪里？"刚要说话，黄茹便抢先问道。

"我在……"丁娟娟正欲回答，转念一想又说，"小茹，有事吗？"

"快把地址发给我，我来接你。"黄茹没有回答，只是催促着让人无法拒绝。

"你……"丁娟娟刚想问话，黄茹已匆匆切断了电话，只剩下她一头雾水地拿着手机。

丁娟娟侧头看向窗子，透过玻璃，她看到一个神情憔悴、身着白色长款风衣的中年女人，目光中隐藏着深深的痛苦，如死火山般沉寂，不知何时会喷发出熊熊烈焰，瞬间将生命吞噬殆尽。

<h1 style="text-align:center">贰拾伍</h1>

咖啡馆门前，丁娟娟无措地等待着黄茹的到来。不知为什么，在接完刚才那通电话后，她心里就异常烦乱，好像被一块石头压着，根本无法呼吸。

正胡思乱想着，几声清脆的汽车喇叭声突然在身后响起。丁娟娟吃惊地转过头去，看到黄茹从一辆半开着窗的白色轿车中探出头来，向自己招手。

车子在街道上急速行驶，广播里传来丁娟娟熟悉的歌曲《沉默是金》。黄茹一路上沉默地开着车子，从碰面便没有再说一句话。丁娟娟看着黄茹，目光中除了疑惑，更多的是隐隐的担忧。

半小时后车子终于驶进第一人民医院的大门，在急救楼前停了下来。

"小茹，你是身体不舒服吗？要不要紧？"丁娟娟看了一眼窗外关切地问黄茹。

黄茹凝视着丁娟娟，此刻内心纠结异常。她知道丁娟娟之前承受了怎样强烈的痛苦，如今心头的创伤尚未愈合，她又怎能再撒一把煎熬的盐。可若是不说，她又不能看着对方抱憾终身，痛不欲生。记得曾有人说，佛家有八苦，其中爱别离当属最苦。以前黄茹是不信的，如今想来却字字刻骨铭心。

"小茹，是出什么事了？"丁娟娟察觉到黄茹神情的异样，笑容僵在了唇边，用力握住她的手。

"娟娟，你一直都是最勇敢、乐观的，无论面对什么事一直很

坚强。我希望这次也可以……"黄茹搜索着劝解的词语，然而很快便放弃了，大脑一片空白。

"是不是林放？"听黄茹这么说丁娟娟像是预感到了什么，脸色瞬间惨白，突然推开车门，跟跟跄跄向前跑去。

"娟娟，你要冷静。无论如何，我都希望你能冷静，我想这也是林放希望的。"黄茹追上丁娟娟伸手拉住了她。

"小茹，你快告诉我，林放现在在哪儿？我求求你，快带我去见他。"丁娟娟的身子在黄茹的怀中颤抖着。

"好好好！我现在就带你去见他。娟娟你要答应我，一定要冷静，好不好？"黄茹拼命压抑着难过，尽可能地说服丁娟娟。

丁娟娟停止了哭喊，双眼含泪看着黄茹，用力地点了点头。眼睛？对了，林放以前说过最喜欢的就是她的眼睛。睫毛又黑又密，双眼总是秋水含波，看着他的目光尽显柔情。可是如今伊人仍在，君子又去了何方？

ICU病房，林放赤裸着上身躺在冰冷的抢救台上，任凭胸口承受着心脏起搏器的巨大冲力却一动不动。

丁娟娟在黄茹和许洋的陪同下，呆呆地站在病床前。

"医生，他累了，让他睡吧。"忽然丁娟娟用微弱且颤抖的声音说道。

医护人员诧异地转过头看向她，见许洋沉默地颔首，纷纷退了出去。

丁娟娟看着手术台上的林放，情不自禁走到最爱的男人身边，此刻她觉得自己很可怜，接二连三地失去生命中最宝贵的东西。

"娟……"黄茹想要劝阻住丁娟娟，却被许洋拉住。

丁娟娟根本没有听到黄茹的话，仍自顾自地向林放走去。此刻的林放紧闭着双眼，英俊的脸如雕塑般惨白。记得他以前的笑点很低，无论在哪儿，总会发出"呵呵呵呵"的笑声，笑声好像有一种神奇的魔力，只要听到，就不由自主地被感染、被带动，然后便会笑成一片。

　　"老婆，等咱们老了，我一定会陪着你环游世界。无论你想去哪里，老公都陪你。等彻底老到走不动了，就坐在摇椅里好好回忆，你说好不好？"那次丁娟娟跟林放去瑞士旅游，当两人并肩站在阿尔卑斯山顶，饱览周围美景时，林放忽然认真地说道。

　　"娟娟，你看着我的眼睛告诉我，我到底是不是你最爱的男人？"蓝海饭庄里，林放紧紧握着丁娟娟的手，双眼充血，痛苦而绝望地追问着。

　　强烈到极点的恨意从丁娟娟的心底升腾起来，她突然有些懊悔，如果那天在饭店她能够坦承自己的心意，原谅对方的过错，重新开始，是不是就不会有今天这样的结局？或许越是在乎，越是不会轻易地将爱说出口，这种逻辑实在令人感到可怕。

　　"老公，我知道你折腾了这么久一定是累了，咱们回家睡吧。等你醒了，再一起吃晚饭好不好？你知道的，咱们已经有好长时间没有一起好好说过话了。"丁娟娟的声音温柔，像是在哄劝着孩子。

　　然而林放却没有回答，只是闭着眼睛躺在冰冷的台子上。

　　"老公，这里太冷了，咱们回家去睡吧，皓博还等着咱们回去呢。我一直想要他过上那种既有爸爸疼又有妈妈爱的日子。我知道你是爱他的，以后咱们一家再也不分开了，好不好？好不好？"

　　丁娟娟紧紧地握着林放的手。他的手以前总是如火般温暖，现在却异常冰冷，寒意直刺心底，任凭她摇晃着胳膊，却仍闭着眼睛，没有一点反应。

　　丁娟娟用尽全力抱着林放，几次努力下，林放的身子都瘫软地靠在爱人的怀中。

　　"娟娟，你别这样。"黄茹见状连忙挣脱开许洋的手，快步上前劝说着丁娟娟。

　　丁娟娟这才想起房间里还有两个人，于是转过头来求助地说道："许洋、小茹，林放实在太调皮了，我一个人根本叫不醒他。你们帮我劝劝他，不要再开玩笑了好不好？"

　　黄茹拉住了丁娟娟的手，心疼地说："娟娟，我理解你现在的心情。但是林放已经走了，你这样，他会很不安。"

　　丁娟娟怔怔地看着黄茹，片刻后，又用探寻的目光热切地看着许洋，希望从他那里得到确切的答案。

　　"娟娟，我知道你的感受。作为林放最好的兄弟，我现在和你一样痛苦。但是无论怎样，木已成舟。我希望咱们可以振作起来，林放以前是那样快乐的一个人，我想他一定不愿意看到你这样。"许洋看着丁娟娟，尽量平静地说道。

　　丁娟娟身子猛地一震，将目光投向了黄茹，后者看着她，默默地点了点头。见此情景丁娟娟意识终于清醒，那个用生命爱着她，那个喜欢发出呵呵笑声的男子，那个渴望能够陪她到老的人已经不复存在。想到这里丁娟娟再次看向了林放，对方一动不动地躺在那里，像个熟睡的孩子。浓密乌黑的睫毛轻轻地覆盖在眼睛上，安静而美好。她原本止住的泪水忽然决堤，大颗大颗地滴落在最爱的人身上。

　　于丁娟娟而言，幸福或许只是一个欺骗的谎言。每次当她以为自己放开一切、选择原谅，和最爱的人相守一世的时候，命运总是以最残酷的方式夺走一切。

　　"娟娟……"在黄茹的注视下，丁娟娟身子瘫软，晕倒在地。

贰 拾 陆

公安局刑侦大队办公室，张杰推开门，看见正站在窗口背对着他吸烟的许洋，目光中满是惊喜。

"许洋，你可算是回来了，我是不是马上就可以把工作移交给你了。"张杰语气中满是兴奋。"'三五'案现在正是关键期，咱们队里离不开你的英明领导。"

许洋掐灭了烟头，走到张杰面前，抬起手轻轻拍了拍对方的脖颈，笑道："你小子跟谁学的，这么油腔滑调。"

两人相视而笑。

"洋哥，林放的事情我们都听说了。你还好吗？"张杰关切地问道。

"放心吧，我没事。"许洋的神情瞬间变得有些落寞，稍稍停顿了一会儿，又继续说道，"我原以为只要找到确切的证据就可以帮林放脱罪，没想到最后竟会发生这样的事。"

"只能说这罪犯的智商太高，而且残忍嗜血到了极点。"张杰叹息着说道。

"张杰，我这次归队就没打算再离开。说实话，自从休假我每天都在分析推敲案情，里面的确有太多的疑点需要追查，希望接下来你能好好配合我。"

"洋哥，放心，从我做刑警那天就已经认定了你。只要你一句话，我们一定干到底。"

"好，干！"许洋的唇边泛起一丝笑容，眼中泪花闪闪。他和张杰的手用力握在一起，宛如决绝的心。

周家客厅，酩酊大醉的周爽和衣躺在沙发上，地毯上的手机播放着她和林放往日甜蜜相处的视频，那时的林放表面虽看似笑着，目光中却是挥之不去的淡淡忧愁。

"林放，求求你，别恨我。"梦中，周爽忽然小声地咕哝道。

距离林放出事已经过去整整三天了，但周爽的心里却始终不平静。她是爱他的，然而这份爱却最终只能换来如利刃般的切肤之痛。为了这份荆棘之爱，周爽用尽力气将自己身边的敌人赶走，以为只有这样，林放的心就能真正属于她。然而周爽错了，在林放心里，她终究不过是需要怜悯的小妹妹，所谓的爱情，到头来不过是周爽的一厢情愿。

那天在咖啡厅，林放又一次劝说她自首，透过他的眼睛周爽看到了凉薄。什么内心平静不过是骗人的鬼话。说到底，还不就是要为他儿子报仇。可林放又怎么不想想，自己是多么卑微地爱着他，甚至连尊严都放弃了。这样的举动或许会令人动容，却偏偏打动不了林放。想到这里周爽一阵心寒。不为别的，只因为他是林放。

周爽冷冷地看了看林放，没有说话，迅速站起身扬长而去。

没有人知道，三天前，当林放徘徊在公安局对面街上的时候，周爽正躲在阴暗处，内心纠结。无论怎么说他都是她最爱的人，又怎能忍心以这样残酷的方式结束这一切。若不是林放再次相逼，周爽绝对不会做出最后的决定。

当看到他的生命一点点流走，眼中的光芒消失殆尽，周爽知道，她的生命就此坠入地狱。

林放像是周爽生命里的光，最艰难的那段日子里他的出现，驱走了黑暗，带来光明与温暖。如今光散了，周爽的心化为死灰，只等到风起时，被吹得干干净净。忽然，她的眼前又浮现出了继父那狰狞的面容，原来这世上的男人都是一样。

病房里的丁娟娟仍处在昏迷中，心电图平缓得就如直线，显示她此刻生命体征的脆弱。昔日情景如电影镜头般在她的眼前闪现，林放的样子真实到触手可及，每一个拥抱都是那般温暖，就像他胸腔中那颗一直为她跳动的心。

"娟娟，你知道吗？以前我总是羡慕别人，因为每当他们受到委屈可以回家，可以有人帮他们疗伤。只有我一个人孤独地在人海之中穿梭。谢谢你，愿意倾听我的心事。谢谢你，愿意和我同喜同悲。更谢谢你，愿意给我一个家，让我的心不再漂泊。我发誓，有生之年，一定会好好珍惜这份爱。若是有来生，我也希望能够穿过人海与你再次相逢。娟娟，我爱你，请你嫁给我，让我好好来爱你，好不好？"

海边，波涛拍打着礁石，宛如一只温柔的手在拨动着心弦。在许洋、黄茹等好友们满是祝福的注视下，林放单膝跪地，左手拿着首饰盒，右手拿着戒指，目光期待地看着丁娟娟，等待着回答。

"我愿意。"泪花在丁娟娟的眼中闪过，她声音哽咽地点头回应着。

掌声热烈地响起，林放激动得像个终于得到梦寐以求的礼物的孩子，把戒指戴到丁娟娟的手指上，笑着将她抱起，在原地转起圈来。任她在半空中发出紧张的叫声，却仍不肯放下。叫声和笑声夹杂一处，热烈而美好。

公园里丁娟娟穿着白色长裙和林放一起抱起死在车里的皓博，看着孩子张开双臂开心地笑着，夫妻俩笑得幸福甜蜜。

民政局门口，林放和丁娟娟拿着离婚证走出大门。林放突然停下脚步，转身看向了背后的女子，神情很是落寞，像是做错了事的小孩，欲言又止，眼神却将他此刻心中的矛盾一展无余。丁娟娟背对着林放，泪水早已模糊了双眼。此刻她不敢回头，怕触碰到仍站在原地的爱人的目光。一眼万年，她知道若是现在回头，一定会心软地选择原谅，让这个迷路的孩子回家。或许是因为赌气，丁娟娟突然加快了脚步，身影越来越远，直至消失。

亲爱的小孩

　　摩天轮公园，旋转木马在霓虹灯的包围下显得格外华美。丁娟娟独自坐在木马上，像是一个黯然神伤的公主。这里有过无数关于他们的回忆，一颦一笑都是那样的真实。

　　林放从暗影处走出，手中仍拿着一个用浅紫色装饰纸包装着的礼盒。

　　"林放，我回去想了很久，咱们已经分开了那么久，感情早已经淡漠，就算是勉强生活在一起，也只能彼此伤害根本不会有幸福。我们还是分开吧……"她低着头轻轻说道，未曾与林放直视。

　　"你以前不是总喜欢买手链吗？"林放吸了口气先是一怔，继而唇边泛起苦笑，打开了手中的盒子，"结婚那天，我本来给你定制了一个手链。但由于快递迟到，没来得及给你。后来我也亲手做了几条手链。这是最成功的一条了，送给你。"

　　"林放……"

　　"娟娟，我知道蓝海的事是我做得不对，没有考虑到你的感受。希望你能原谅。"林放说着单膝跪在地上，用乞求的眼神看着丁娟娟，"我明白之前曾带给你太多的伤害，你可以再给我个机会吗？让我来赎罪，来弥补。"

　　丁娟娟沉默不语，看着林放，心中很是纠结。

　　"娟娟……让我回家吧。"林放轻声唤道，"我想照顾你这辈子，下辈子，直到永远……"

　　在丁娟娟朦胧的目光里病房门忽然被推开，林放一如往日般神采奕奕，举止尽显绅士风度。她坐起身子，怔怔看着他。

　　"老公，你回来了？"迟疑半晌，丁娟娟声音颤抖地问道。

　　林放缓步来到妻子面前，轻轻坐在了床上，任凭丁娟娟用手摩挲着他的脸，微笑地看着爱人。

　　"老公，我错了，不该和你赌气，不该那么冷淡地对待你。我……我不是故意的。对不起，你能原谅我吗？"丁娟娟的眼泪滴落在他的手上。

　　林放含泪带笑地将丁娟娟拥在怀中，声音颤抖地说道："老

102

婆你知道吗？你的这声老公对我来说有多么宝贵。谢谢你愿意原谅我！谢谢！"

"老公，你说过会永远陪着我的。咱们回家去好不好？回家吧。"丁娟娟紧紧拉住林放的手，担心一松手爱人就会消失。

"老婆，我永远都不会离开，会一直陪着你。不过是换了一种方式，只要你静静地感受，就会发现我的存在。"林放紧紧握着丁娟娟的手，柔声劝说道，"我希望你能快乐，希望你能开心地生活。答应我，好好地活下去，即便是为了我。"

一道白色的强光从屋顶射进病房，林放站起身来，恋恋不舍地看着丁娟娟。

"我该走了。"

丁娟娟紧紧拉着林放的手，不愿松开。

"老婆，我们一定会再见。"

林放说完，俯下身去，用滚烫的唇深深地烙印在丁娟娟的唇上，泪水交融汇合到一处，凄美决然。

病房门突然发出一声响，继而一阵急促的脚步声传来。林放的身影倏忽不见，丁娟娟惊慌失措地四处寻找，却毫无发现。

"老公，老公，你别走，别走……"昏迷中的丁娟娟突然发出一阵微弱的呓语。

黄茹的眼神从痛苦转为惊喜，俯在丁娟娟的耳畔，轻声唤着：

"娟娟……娟娟……"

心电图显示的图像如波涛般地前行着。半晌后，丁娟娟睁开双眼，恍惚地看向黄茹。

"娟娟，你终于醒了，真是太好了！"

黄茹看着丁娟娟，兴奋地笑着。忽地，鼻子泛酸，泪水滚滚而落。

"娟娟，你在梦里不断念着林放的名字，你见到他了吗？"

丁娟娟从沉浸的梦境中醒来，沉默片刻摇了摇头。在深深地叹了口气后说道："世间的事物永远是在变化着的，我会记住从前的

美好，但是后来的事情我永远不会原谅他。"

贰拾柒

　　一个星期后，林放的追悼会在慈安陵园悼念厅如期举行。因为考虑到林海生的身体情况，每当他询问儿子的近况，人们都选择了回避，只是轻描淡写地说心理医院在京州开设了分院，林放作为专家被派到那边做副院长。因此直到此刻，他也不知道事情的真相。

　　慈安园依山而建，树林静谧，绿草萋萋。按照丁娟娟的要求，林放和皓博的墓碑彼此相邻，生前他们是父子，身后也必将成为彼此的依靠。

　　追悼会上，灵堂两侧的角落里摆放着家属和好友敬献的花篮、花圈，四周簇拥着蓝色风信子和矢车菊，花丛正中悬挂着林放的照片，他身着一套蓝色牛仔服，看着来宾们开怀大笑着，笑容如深秋午后明媚的阳光，温暖而欢畅。出席的一干亲友身着素色服装，每个人的脸上都不约而同地被忧伤笼罩着。丁娟娟身体还未痊愈，在黄茹和许洋的陪同下，一一向到场的人们鞠躬感谢。

　　"娟娟，你还好吧？"趁着仪式结束，人们退到外边，黄茹低声问道。

　　丁娟娟轻轻摇摇头，看向不远处的冰棺。林放安静地躺在里面，双手交叉放在胸前，好似熟睡一般。她缓步来到冰棺前，从上衣口袋里掏出一方白色手帕轻轻擦拭着爱人的脸。

　　"你知道吗？林放他最爱干净了，即使工作再忙，也要将衣服保持得一尘不染的。他以前总喜欢在衣服口袋里装上一面小镜子，只要有时间就会拿出来照照。那时候我总是笑他有洁癖，王子病泛滥。"丁娟娟动作十分轻柔，像是一不小心就会打扰他的梦境。

黄茹和许洋静静地看着丁娟娟，一时竟不知该用怎样的话语来安慰。或许此刻默默陪伴便是最好的方式。

"每当我这样说的时候，他就会认真地看着我说，这是他妈妈留下的习惯。"她凝视着他的脸，将他的眉眼深深地刻在心里，"我知道在他心里最柔软的地方，一直有一块是专属于他母亲的。老公，你现在和婆婆已经团圆了吧？和皓博在一起吧？"

黄茹突然转过身，轻轻靠在许洋胸前，发出了压抑的抽泣声。

"请问哪位是黄茹小姐？有您的鲜花快递。"一名快递员抱着一束蓝玫瑰疾步走了进来。

黄茹和许洋对视一眼，目光中满是疑惑。她来到快递员面前，在单据上签好了名字接过鲜花，从包装纸上拿下用透明胶粘贴着的卡片，只见上面写着四个字：永失我爱。

字体有些凌乱，但是赠礼人的身份却已经不言自明。

"小茹，是谁送来的鲜花？"丁娟娟的思绪被快递员打断，看着黄茹询问道。

"啊……没……没什么。"黄茹将卡片递给许洋后故作轻松地笑道，"是我的一个朋友，他和林放认识，也想表达一下心情。"

"小茹，你是从不说谎的。"丁娟娟轻轻地说道，作为她的闺蜜，她轻而易举便看穿了黄茹的心事。

"这……"黄茹不禁语塞，不由得看向许洋，只见他微微点了点头。

"娟娟，我可以把卡片给你看，但是你要保证千万不要生气，好不好？"黄茹安抚着丁娟娟。

丁娟娟的心猛地一沉，脸色随之变得甚是难看，一阵莫名的敌意由心而起，她努力说服自己，克制着心中的怒火。

黄茹犹豫片刻后将卡片和鲜花递给了她。丁娟娟匆匆在卡片上

掠了一眼，猛一松手，蓝玫瑰从手中滑落，重重地摔落在地上，花瓣四散而落……仿若那颗破碎后便永难愈合的心。

贰 拾 捌

公安局刑警大队会议室，在许洋的主持下，警员们激烈地讨论后一致认为，基于目前的复杂情况，罪犯接下来一定还会再有所动作，而丁娟娟和林海生无疑是首当其冲的目标。为了不打草惊蛇，惊扰罪犯，许洋最后决定派出两组警员秘密跟踪，暗中对二人施加保护。

为了照顾林海生，葬礼结束当天，丁娟娟便将林海生接回家里与自己同住。为了不引起老人的怀疑，每天吃过晚饭，她都会躲进卧室，关上房门，假装与林放通电话，聊聊家常，沟通下日常情况。连续几天后，丁娟娟有时竟也恍惚觉得林放或许真的只是去了外地工作，也许某天自己下班回家，推开门便看到他正忙碌地做着家务，在听到门响后还会转过身来看着她微笑，再假装嗔怪地说上一句：你呀，都这么大的人了，什么时候才能学会照顾自己？

然而，这样的状态并没有维持太久，一天晚上发生的事情彻底打碎了丁娟娟内心的想象，将她狠狠地拽回了现实。

那天晚上，丁娟娟忽然听到隔壁房间传来抽泣的哭声，打开房门，在灯光的照耀下，林海生正坐在沙发上，双手拿着林放的照片，早已老泪纵横。

"伯……伯父……"丁娟娟见此情形不禁一怔，轻轻唤道，"您怎么了？"

林海生见她错愕看着自己，便擦了擦眼睛，起身将照片重新放到了书架上，"我没事，年纪大了，睡眠就不好。没有打扰你吧？"

丁娟娟沉默着轻轻摇摇头，张了张嘴，一时间却不知该说些什么。客厅里的氛围忽而变得很尴尬，只怕一不小心便会给对方带来更加强烈的痛楚。

"娟娟，你忙了一天，快去睡吧，明天还得上班。"林海生故作平静地催促道。

"伯父，您也早点休息。"丁娟娟压抑着悲伤，柔声说道。

林海生看了丁娟娟一眼缓步向卧室走去。少顷，忽然停住脚步，转过身来迟疑地说道：

"娟娟，如果可以，你能再叫我一声爸吗？"

丁娟娟听到这话眼睛瞬间湿润，好不容易隐藏的心事在这一刻暴露无遗。

"爸……"丁娟娟迟疑片刻终于鼓足勇气，喊了一声后便沉默地看着老人。

老人强忍着内心的悲痛，笑着向她点了点头，而后快步走进了卧室，随之关上的门里传出了一阵压抑的抽泣声。

丁娟娟沉默半晌回到卧室，按下开关，房间瞬间一片漆黑，好似一片深不见底的海洋将她淹没。

贰拾玖

正如许洋等人预料的，丁娟娟在下班的路上还是出事了。虽然之前已有周密的防范，但是突如其来的一系列举动却仍将她带入困

局。而这一天距离林放去世还不到半个月。

当刑警匆匆赶到，双方发生了激烈的搏斗。负隅顽抗的匪徒趁着警员不备开着车斜冲了出去，车速令人望而生畏。警员们虽奋力追击，奈何眨眼之间匪徒的车子便消失得无影无踪，只抓住了一个腿部受了伤的少年凶犯。

不知过了多久丁娟娟恍惚地睁开双眼，环视四周，发现自己身处一个柴草屋内，四周都是码放整齐、高至棚顶、早已枯黄的柴草，双手不知何时被人反剪到了后面，用绳子绑得结结实实。她用尽全力挣扎，无济于事。

外面忽然传来一阵清脆的高跟鞋声，声音由远及近，越来越清晰。随着声音戛然而止，屋门被打开。一个年轻女子冷笑着走了进来。

"怎么是你？"看清来人后，丁娟娟的眼神中浮现出一丝恨意。

女子在丁娟娟面前蹲了下来，用猫戏老鼠般的眼神看着她。

"没错，是我。"周爽冷绝地说道。

此刻刑警队办公室里，许洋正站在窗前，双眼盯视着院子，手中还掐着一支未燃尽的烟蒂，似乎是在等待着什么。

门忽然被撞开，张杰匆匆跑了进来。许洋转身看着他，静候着对方的下文。

"这小子还真是个怂包，没等多久，就把他知道的全都说出来了。"张杰急切的说道。

"哦，他说什么了？"

"他说主犯并不是他们团伙里的人，一直以来都是用电话跟他们老大联系的，不过有一次他无意中听到那个人的声音应该是个女的。"张杰双手比画着说道。

"哦？女的？"许洋双眉紧锁，这个结果与他们先前在监控记录中看到的相吻合，"年龄呢？"

"他们都没见过，所以也只能猜测。听声音，三十岁左右。他还说，林放的事情也是他们同伙干的。因为他觉得太残忍，所以那天假托肚子疼避开了。洋哥，我刚刚已经派出小分队去往他所说的地址。如果这一次凶手能够落网，那'三五'案也就应该水落石出了。"

"张杰，辛苦啦。"许洋从兜里的烟盒中拿出一支烟递给张杰，亲自为他点上。

"洋哥，你别这么客气。我知道这件事是你心里的一个结，希望能够帮你把它解开。"张杰看着许洋真诚说道。

许洋感激地看着张杰，用手拍了拍他的肩膀，转身走到办公桌前坐下。张杰静静地看了他一眼，会意地退了出去。

许洋凝视着办公桌上的一张合影，照片上他和林放亲密地靠在一起，中间夹着一只足球，一道冲着镜头傻笑，纯真而美好。照片是他们读高一那年去省里参加中学生足球赛的留念。那时他们都是校足球队的主力队员，林放是后卫，许洋是前锋。多年的兄弟情缔造了别人无法超越的默契，不用说话只要一个眼神，彼此就能领会。

刚才张杰的话在许洋心中掀起了层层波澜，就像是一块石子被掷入死水，尽管威力很小，但也泛起了一圈圈涟漪。眼下虽说丁娟娟处于危机当中，案子却也有了突破性的进展。随着警员围剿，案子应该马上就会水落石出，想到这里，许洋既兴奋又焦急。

当特警按照刑警提供的信息赶到柴草屋，将黑社会成员一网打尽，并成功解救了昏迷不醒的丁娟娟。

医院 ICU 病房，丁娟娟的身上插着管子，正在抢救。各种监测的医疗器械滴滴地响个不停，鲜血和药物不断输入她的体内。

黄茹焦急地站在玻璃窗前，见护士走出门来，急忙迎上前来问道：

"护士，患者现在脱离危险了吗？"

"生命体征还是不稳定，正在抢救。"

说完，护士匆匆离去。

　　黄茹的心情更加沉重，她不禁在心里祈祷，希望上苍能够保佑丁娟娟，尽快醒来。

　　想到这里，她的鼻子忽然一酸，眼泪顺着脸颊流了下来。

　　昏迷当中，丁娟娟仿佛再次来到柴草屋，看到周爽蹲在她的面前，用一把锋利的刀刃对准自己的脸……

　　"我根本不想这样做，是你们逼我的。"说到这里周爽忽然提高了声音，"你们已经离婚了，为什么还要藕断丝连？为什么还在私下见面？还有那个孩子，每天下班林放回来得都很晚，虽然我不问，也知道他一定是去小区门口偷偷看你们母子了。所以……"

　　"所以……所以他的行为触怒了你，你就要不择手段地对待他们？"丁娟娟怒视着周爽问道。

　　"对，既然我得不到自己喜欢的东西，就绝不会让你得逞。与其给你留下，不如亲手毁掉。"周爽站起身，近乎癫狂地叫喊着。

　　病房里，丁娟娟闭着眼睛，只感到身体在被子里剧烈地抖动着。心底里巨大的寒意深深包裹着她，无力抗拒，更无法躲避。

　　医院走廊，黄茹坐在长椅上正在焦急地等待着结果，忽见许洋带着两个女警匆匆从远处走来，急忙起身迎了上去。

　　许洋焦急地问道："丁娟娟现在情况怎么样？"

　　黄茹摇了摇头："医生说她还没有完全脱离危险，正在抢救。"

　　许洋点了点头，对黄茹说道："你已经一夜没睡，现在应该也累了，我这就送你回家休息，这两位同志会接替你照顾娟娟。"

　　黄茹客气地对两名女警道了声谢，跟着许洋一步三回头地离开了医院。

　　许洋开着车在喧嚣的街道上行驶着。

　　"许洋，你不觉得娟娟实在是可怜吗？失去了儿子、失去了丈夫，如今自己又生死未卜，这一切都是为了什么？到底是谁这么狠毒，对着他们连续下此狠手？"

　　许洋心情沉重地点了点头，没有说话。

"咱们接下来该怎么办？"黄茹见许洋不答，便又继续问道。

许洋猛然踩下了刹车。随着一股巨大的力量，车体颤动了下，二人的身子一同前倾了下去。

"你？"黄茹揉着额头愠怒地说道。

许洋没有说话，只是指了指窗外。只见一辆车厢中堆叠着松木的巨型卡车正向他们横冲而来，木堆高于电线，如果不小心撞了上去，后果不堪设想。

黄茹见状瞬即惊出一身冷汗，她惊魂未定地看着许洋，强烈地喘息着。

"越是关键时刻越要让自己冷静。既然凶手已经开始往高压线上撞，那就更要稳定住情绪。"许洋看着窗外逐渐远去的卡车说道，像是对黄茹，也像是对自己。

手机铃声忽然响了起来，许洋从衣兜里掏出手机，看了黄茹一眼，按下接听键。没等他说话，电话那端就传来了张杰兴奋地声音：

"洋哥，告诉你个好消息，'三.五'案的目击证人被找到了。"

叁拾

公安局办公楼走廊，不时有警察和办事人员经过。

刑侦大队办公室的门半开着，透过门缝，可以看到张杰背对着门坐在椅子上，他的对面是一个穿着时尚，脖子上挂着黑色铁三角头戴式耳机，年纪十七八岁、相貌白皙英挺的追风少年，嘴里一刻不停地嚼着泡泡糖，像是一只喜欢游泳的鱼，畅游在音乐的海洋里。

"问你话呢，你当时是怎么发现凶手车子的？"张杰拿着笔直视少年，等着记录口供。

少年不屑地斜眼瞧了他一眼，露出了一副鄙视的表情。

"你这是什么态度啊？"张杰瞬间被少年惹火，扔下笔，重重拍了一下桌子。

外面一阵脚步声，许洋推门走了进来，见此情景说道：

"张杰，你这是干什么？有话好好说，好了，去倒杯水吧。"

张杰仍余怒未消地瞪了一眼少年，起身推门而去。

许洋坐在少年对面，眼含笑意地看着对方。少年上下打量了许洋片刻，恍然大悟道：

"我认得你，你是刑侦大队队长许洋警官，对吧？"

许洋点了点头，好奇地问道："你怎么会认得我？"

"你不知道，我最喜欢看法治节目了，尤其《大案要闻》栏目是我每天都必须要追的节目，前不久看过您的专访，我也曾打听过，您是咱们省厅最年轻的二级警长，有'警界三浦友和'的赞誉。对了，您爱人是交通台黄茹老师是吧？"

"早说你是许队的迷弟，咱们刚才也就不用在这里兜圈子了。"张杰一脚门里一脚门外地走了进来，手里拿着装满水的纸杯。

"哼，就凭你那破态度，别想从我这里打听出一丁点消息。"少年毫不客气地回敬道。

"你？"张杰看着少年，脸瞬间涨得通红。

"你们别吵了。张杰，把水给他。"许洋看了一眼张杰，又将视线移向少年，"谢谢你对我的支持。现在，你能把知道的告诉我了吧？"

少年点了头，回忆片刻道：

"我叫李睿，是省艺术学院街舞专业的大二学生，也是学校玩舞社的领舞。三月五日那天，我们正好在为省里的街舞大赛做准备，如果顺利晋级的话就有资格被推荐参加全国性比赛，要是真的到了那一步，还有可能被经纪公司选中，然后出道成为万众瞩目的SUPERSTAR。"少年越说越兴奋，眉飞色舞起来。

"哎哎哎，快点醒醒。现在你可是在公安局，这里没有包装签约、出道的机会给你。"张杰敲着桌子不满地说。

少年的思绪被打断，瞪了一眼张杰，又继续说道：

"出事那天，我刚刚结束训练，路过超市先是看到女车主从车上下来，单独把孩子留在车里。我当时就在想这个当妈的心也真是够大的，现在社会这么乱，万一有人偷孩子可怎么办啊？可能也就是这个原因，我对这辆车格外留意。结果很快就看到另一个女人从后面的蓝色轿车里下来，用钥匙直接打开了车门，把车开走了。当时那个孩子就坐在副驾上。"

"那你为什么不报警？"张杰忍不住追问道。

"我看那女人斯斯文文的，一看就受过高等教育。而且那个孩子看着她，眼神好像也很熟悉，说不定是孩子的妈妈请来帮忙照看的。警官，我前几天一从国外演出回来就听说了这件事，前思后想怎么都不对，这才匆匆赶来做人证，你们可一定得保护我啊。"说到这里，少年的眼神中现出一丝惶惑。

"你放心，我们一定会做到保密，也会加派人手在暗中保护你。张杰，你陪他去画像"。许洋许诺道。

在许洋的注视下，张杰与少年一道走出办公室。蓝色？女人？斯文？熟悉？刚刚少年的话就好像是一串摩尔斯密码，敲击着他的思绪，起身来到窗前，心中不断地推理交锋，会是谁？

"许队，你们这是查案啊！"恍惚间，许洋想到那天在高速路口周爽曾将头探出蓝色的车窗外，热情地和自己打招呼。

难道是周爽？想到这里，许洋心头不禁一动，查案以来虽然也曾找她录过口供，却没有一刻真的怀疑过，或许是不忍，也或许是不愿。然而，当一切赤裸裸地摆在许洋面前时，他却再难自圆其说。就像是你在花园里期待许久蝴蝶的出现，看到的却是蛆，你会莫名地感到反胃与恶心。

"洋哥，'三五'案的凶犯画像画好了，目标嫌疑人已锁定为

周爽。"张杰忽然满头大汗地跑进办公室，目光现出兴奋。

许洋听后，身子顿时一震。

"好，收网！"他迅即发出了命令。

电台直播间，导播台前的小雅抬起头看着正在录制节目的黄茹和佳旭。

"最近娱乐圈里可谓惊喜连连，结婚的、怀孕的……喜事不断。昨天我也收到一个朋友的电话，她问我究竟什么才是正确的夫妻相处之道，我告诉她了几个字。"黄茹说到这里，看了佳旭一眼。

"听你这么说，我也好奇，不如今天就和大家分享一下。"佳旭好奇地问。

"其实很简单，你也应该听说过的，那就是且行且珍惜。"黄茹真诚地说着，"夫妻是除了父母、兄弟姐妹，彼此最近的关系。两个出身和性格不同的人相遇到一起，就像是两只在冬日里互相取暖的刺猬，彼此亲密，又会互相伤害，只有不断地珍惜、信任、包容、依赖……才会拥有永恒的幸福与快乐。说到这里黄茹也希望收音机前的朋友们都能够有所感悟，珍惜身边的那个人。"

办公室工台上，黄茹的手机屏幕由黑转亮，来电显示是周爽。

咖啡馆里，周爽和黄茹沉默地对视着，此刻千言万语在心头萦绕，一时间却又只是茫然。

"姐，我知道在发生那些事情后，咱们的关系已经回不去从前了。不过无论你怎么想，如何评判我的为人，在我的心里你永远都是最好的朋友。今天约你，只是想和你道个别。我……要走了……"周爽一脸真诚地看着黄茹艰难地说着，声音干涩沙哑。

"哦？你要去哪里？"黄茹先是一怔，随后关切地问道。

"我也不知道。但无论如何，都必须要离开这里。这座城市有太多痛苦的回忆了，我真的承受不了。"周爽努力压抑着情绪。

黄茹眼神复杂地看着这位昔日好友，她不知道自己该怎么说，是斥责还是劝慰？挽留还是驱赶？有人说过这样一句话："碰什么都别碰感情。"感情,就像是一把双刃剑,玫瑰还是毒药,因人而异,只有在品尝之后才会知道。

想到这里黄茹心中不由得疼痛起来。为了不让周爽察觉自己的情绪,她迅速拿起杯子,喝了口咖啡。

然而,这一切无疑都是黄茹多虑,周爽此刻仍沉浸在自己的世界里,并没有留意她的变化。

"我知道你虽然表面原谅了林放,心中却仍对他有芥蒂。其实是你误解他了,他从没有停止过对丁娟娟和皓博的爱,也从没在心中真正原谅过自己。是我,一次次地骗着自己,以为只要施以真心,总有一天会将他打动。可实际上却越走越远,再也没有办法回头了。"周爽看着窗外轻轻慨叹着,目光忧郁。

"既然是这样,你当初又何必那么坚持呢?"黄茹心头突然一软,心疼、无奈、埋怨等等情绪交织在一起促使着她说出了这句话。

"因为我爱他。"周爽看着黄茹,"我比丁娟娟更应该成为他的妻子,只可惜……"

周爽目光中的倔强与坚持令黄茹心中猛然一震,此刻的对方就像是一朵带有锋芒的娇艳玫瑰,令人心爱却又神伤。

爱情,究竟是什么?为一人独生,为一人赴死,为一人坠入地狱却心不悔改……天地万物,浮生沧海,唯情独坚……

叁拾壹

喧闹到令人窒息的音乐,昏暗的旋转灯光,人们夸张地在舞池中央扭动着身子,宣泄时刻溢出的荷尔蒙。周爽坐在桌子后面,此刻的她早已酩酊大醉,却仍机械般地做着开酒、喝酒的动作。

虽然没人告诉她，可她却感到了莫名的异样。这是一种从未有过的淡定与心安，因为即将结束这荒唐的一切，很快便会与他见面了吧，想到这里，她的心头竟掠过一丝惊喜。

周爽从没想过有一天会遇见林放，更没有想到会有后面的那些交集。曾几何时，她就像是一只丑小鸭，从没想过有一天会变成白天鹅，直到遇见了白马王子。而林放毫无疑问就是那个白马王子。

周爽从没有对其他人说过自己的身世，包括曾经最好的朋友黄茹也只知道她是一个来自偏远县城山区的大学生，主修的是心理学。说到底，大家宁愿相信光鲜亮丽的虚构，也不愿相信平实到丑恶的事实。

尽管过去了很久，周爽仍清楚地记得自己曾讲给黄茹的一个故事，只不过故事的主人公应该换位到她自己身上。周爽三岁的时候父亲意外辞世，母亲被迫嫁给了做长途车司机的继父。继父脾气暴躁，常常酗酒，酒后便会对母亲一顿毒打。那时她以为只要自己努力学习有一天就会考取大学，远走高飞，与母亲一同过上幸福的生活。然而，事实却证明这个想法过于天真。八岁那年，继父酒后竟将周爽猥亵，而可耻的是，在那之后他又无数次地伤害过她。为了不受到更多的伤害，也为了不让母亲难过，周爽只能含着眼泪一次次地咬牙忍受着。

直到十八岁那年，再一次面对猥亵时，周爽终于忍无可忍地还手，将继父打伤后逃了出来，随后来到冰城。

初到冰城的周爽步履维艰，四周都是陷阱，她就像是一只无助的小鹿，睁着惊慌的双眼茫然四顾。直到林放的出现，才彻底改变了命运。

现在想来他们的初遇属实具有戏剧性，那时她三天没有吃饭，体力不支发起了高烧，即使这样为了改变命运仍艰难地支撑着身体向劳务市场走去。然而就在建兴路横穿马路的时候，她却突然晕倒。可能是冥冥之中自有天意，林放就那样毫无预兆地出现了。

当周爽在医院醒来的时候，第一时间看到的便是微笑着的林放。那笑容好暖好暖，就像是冬日里雪后的阳光，只要一出现就立刻驱走严寒，融化冰雪。

后来，在林放的帮助下，周爽成了一名催眠师，过上了令人羡慕的生活。

人的欲望是无穷无尽的，他们之间的关系就这样发生了潜移默化的变化。她爱他，从最初单纯的报答到后来自私地占有，只要林放在身边，就算与世间为敌，又有何妨？

可是这些年的付出，周爽又得到了什么？对方的心不属于她，而是一直放在丁娟娟和皓博的身上，即便面对她的温柔与付出也是极为冷淡。

都说人心会渐渐变冷，当有一天爱变成恨的时候，那些美好的述说也就成了互相伤害的尖刀，而周爽就是这样在伤痛过后，拿起了刀狠狠地刺向嘲弄着自己悲惨命运的人，用残酷的方式为命运画上句号。

可周爽终究是爱林放，不愿放下他的。如果命运还能够回到原点，只希望我们是最早相遇的人。爱情本无对错，只有早晚。林放，若有来生，我一定要比丁娟娟更早来到你身边，你……等着我……

午夜，万籁俱静，白日里的喧嚣消失殆尽。周爽醉意醺醺地开着车，身后不远处警笛鸣响。此刻听来，令人心惊，却又心安。她知道现在是自己该上路的时候了。她透过沉沉暮色隐隐看到林放正站在前面的江桥上，向自己挥手。他的笑还是那般温暖，恍如初见。

林放，等着我……

周爽闭起双眼，猛地踩下了油门。

一阵飞浪过后，世界又恢复了静谧。

午后的阳光给小区楼房平添了一丝金黄。丁娟娟提着装满蔬果的塑料袋轻轻敲响房门。

"娟娟，你回来了？"林海生打开了房门，看着她疼爱地说道，"今天是星期六，你都忙了一周，该好好休息呀。"

"爸，我没事。我刚才去了趟超市，买了点东西回来。"丁娟娟将手中的塑料袋拎到林海生的面前，"您昨天不是说想吃牛肉萝卜馅饺子吗，咱们今天就能吃到。"

"唉，我这儿媳妇比亲闺女还好。"林海生感动地说道。

"爸，在我心里您就是我的父亲，以后别再说这样的话了。而且，我想这也是林放的心愿。"丁娟娟换拖鞋进屋，随手将食品分装到冰箱里。

就在这时，她无意中低头看见地上有一个白色信封。

"爸，这是什么啊？"捡起信，丁娟娟疑惑地问道。

林海生看了看信件，诧异地摇了摇头。在他的注视下，丁娟娟将剩下的菜送到厨房，来到沙发前坐下，拆开了信封。信是用她最熟悉的字迹写的。

老婆：

当你看到这封信时，我应该不在你身边很久了。这封信是我在时光驿站发出的。现在的我想来，或许命运有两种结果，如果还在的，就将信藏起来，永远不让你看到。如果不在，那么就算作是对你今生的道别。

老婆，谢谢你来到我身边，也谢谢曾经那样毫无保留地爱过我。我知道是自己不好，亲手将你心中的美好和希冀全部抹掉。可是你知道吗？我真的希望能够有机会来弥补你。如果你能原谅，那么就让我在今后的宿世轮回中与你相遇，好好陪你、照顾你。有人曾对我说过这样一句话：做错了事，只要能回头就有弥补的机会。我知道尽管遭受了那么多的伤害，但你还是爱我的。我也曾有过纠结，有过怀疑，但是在蓝田饭庄，当我看到你眼中压抑的火焰，我的心又被激活了。谢谢你，愿意爱我。我对自己这样说着，也正是因为这样，我必须要像一个真正的男人那样堂堂正正地活着，与带给你伤害的丑恶对抗，和曾经的那个自己一刀两断。如果上苍还能给我一次拥抱你的机会，我会好好地爱你。世界再大，只要我们两个人真心相对，也就足够了。

老婆，假如今生上苍再也不给我机会，你也不要难过，就让我独自去赎罪吧。哪怕坠入地狱我也毫无怨言，只待来生还能与你相遇。我知道你是最放心不下皓博的，放心吧，我会找到他，好好照顾他陪着他成长。总有一天，我们还会再见！

好好生活下去！

永远爱你的老公：林放

　　她的手微微地颤抖着，眼睛泛红，努力克制着夺眶欲出的泪水。

　　"娟娟，这信是谁写的啊？"林海生看着她，猜测着信的主人。

　　"哦，是我的……我的一位老朋友写来的。爸，我先回屋躺一会儿，一会儿就去包饺子。"丁娟娟说着勉强撑起身子，飞也似的逃回到卧室，随后关上了门。

　　老公，对不起，我一直在骗着自己，也骗着你。有一句话我一直想对你说，却又始终没有说出来。我爱你，如果真的有来生，我希望能够与你相遇，相守，直至永远……谢谢你，那样认真地爱着我……

　　半年后，许洋小心翼翼地扶着黄茹走出医院大门。

　　"小茹，刚才医生跟你说了什么？"许洋难掩兴奋地问道。

　　"医生说胎位一切正常，要我好好休息。不过我一直好奇是男孩还是女孩，她却始终没有说。"黄茹不无遗憾。

　　"男孩女孩又有什么关系，总之都是咱们的孩子，我都喜欢。而且连孩子的名字都取好了。"许洋宠溺地笑道。

　　"哦？叫什么名字啊？"黄茹露出好奇的神情。

　　"叫许忆林好不好？"

　　"许忆林……忆林"黄茹喃喃地说着，她知道在丈夫的心中，林放将会永远活着，"好，就叫忆林好了。"

"小茹，你知道我和林放的感情。这个案子虽然已经结了，但我的心里却很空很空。林放，是我那么好的兄弟。只不过是因为人生的一次错误，就付出如此沉重的代价，我实在为他不值得。"许洋的目光再次黯淡。

"夫妻和恋人之间更加珍惜彼此，无论到什么时候，都不要放开紧握的手。你说对不对？"黄茹看着许洋，真诚地说道。

许洋点了点头，露出笑容。

黄茹赞同地说道："还有周爽，原本那么善良的姑娘。竟然在陷入畸恋中不能自拔，最后变成害人害己的恶魔，至死不知悔改。真是令人叹息，通过这件事情，我真的希望今后的世界上的人少一些不该有的欲望。"

鼓韵风华

第一章 辞职风波

2007 年，盛夏，北京市曲艺团团长办公室，长发披肩、穿着白色连衣裙的赵凌薇坐在办公桌前面的椅子上，在团长郝爽的注视下，低着头，抿着嘴，双手紧紧攥着两侧裙身，由于心中紧张，此刻手心满是汗水。

"凌薇，我知道你想转行当明星。"郝爽神情严肃地说，"也对，年轻人嘛，有梦想总归是好事。不过，你也知道，自打十三岁入团从事京韵大鼓，这十年团里为了培养你也花了不少钱。现在既然想改行，那按照团里的规定，就得把之前的钱一次性补回来。"

说着，他将一个打开的绿色文件夹放到赵凌薇的面前。

"我让财务室算了一下，一共是五十万，再加上这次全国曲艺大赛的违约金三十万，总共八十万。你要是想走，等交完这笔钱，就到人事部拿解约合同。"

赵凌薇的身子一震，脸上露出惶惑的表情。毫无疑问，这八十万对于作为青年曲艺演员的她来说是一笔不小的开销，根本拿不出来。

"团长，钱能不能再少点？"迟疑片刻，赵凌薇说道，"我一时半会实在拿不出这笔钱。"

郝爽为难地摇头说道："这是团里的规定，我虽然是团长，可也不能破例。依我看，京韵大鼓虽说是没影视赚钱，可毕竟是国粹，代表着咱们老北京的传统文化。况且，你如今也在行业里有了一定的名气，还是应该继续唱下去才对。凌薇，你为人聪明，好好权衡下。"

郝爽的这番话虽然委婉，意思却已经表达得明明白白。赵凌薇知道对方心意已决，再说下去已然没用，于是便起身说道：

"谢谢团长，我知道了。"

说完，在郝爽的注视下，走出了办公室。

按照团里的相关规定，演员除了排练，平时不用坐班。因此，谈完话后赵凌薇便径直离开了曲艺团，开车前往位于鼓楼附近的姥姥家。

小时候，由于父母工作忙，赵凌薇被送到了姥姥家，跟着姥姥姥爷一道住在鼓楼后身豆腐池胡同的一套四合院里，出了院只要向前走几步就能看到钟鼓楼，再往前走十多分钟就是地安门，穿过烟袋斜街就是后海。听姥爷赵子栋说，鼓楼最初是元朝人修的，明朝又继续扩建，钟楼则是清朝时建的。这里是北京的中轴线，龙脉之地，是寸土寸金的地方。

由于年纪小，赵凌薇对中轴线和龙脉之地并没有什么概念。只记得每当姥爷说起这些时，总是一脸骄傲。

四合院里住了三户人家，八九个人。尽管人多，可大伙儿却相处得像一家人。每天早晨三四点钟天蒙蒙亮，胡同里就热闹了起来。随着人们陆续起来，声音此起彼伏，说话声、刷马桶声、水声、鸽哨声和沿街叫卖声混在一块儿，热烈得像是汩汩冒气的开水。等到人们出门上学上班，才渐渐安静下来，直到傍晚夕阳西下，大家相继回家，这氛围忽而又被推至了另一个高潮。

那时，赵凌薇每天放学总是以最快的速度冲回家里写作业，然后便和小伙伴们一道出去玩。要不到鼓楼前面的空地上跳皮筋，要不到后海游泳、滑冰，或是到地安门吃一碗热乎乎的姚记炒肝。那时候后海两侧还没有这么多的酒吧，四周很是空旷。

虽然调皮贪玩，那时赵凌薇每天做得最多的还是随姥姥姥爷学习京韵大鼓。赵凌薇的姥姥韩素香和姥爷赵子栋都是唱大鼓书的，据说从太姥爷那辈开始就在天桥卖艺，由于是"下九流"，吃了不少苦头。直到新中国成立，做了国家的主人，才被聘请到市曲艺团当演员，命运从此被彻底改写。

也正是在老辈人耳濡目染下，赵凌薇从小就在京韵大鼓方面表现出了极高的天分。13岁那年，在北京市少年曲艺大赛获得第一名后，她被市曲艺团招聘，师从著名京韵大鼓演员郭鸿远学习演出。

得知消息后，赵子栋破天荒地喝多了。酒醉后他紧紧拉着外孙女的手，再三叮嘱：

"凌薇，你这辈子一定要好好守住大鼓书。记住，不仅要守艺，更要守志，无论怎样都不能丢下咱老祖宗留下的好东西。"

就这样，胡思乱想了一路，车子缓缓驶入胡同，停在了四合院门前。看着院门，赵凌薇有点犹豫，要是这件事被老人家知道，自己肯定逃不过一顿责罚。想到这里，她的心里更加烦乱。

纠结了好半响，终于鼓足勇气推开院门，一眼就看到赵姥爷边站在院子中央喂鱼，边摇头晃脑地哼唱着《单刀会》。

"你我江边屯赤壁，从今交好莫要结怨。明日东吴我小设摆宴，聘请关公到你这边。你若是来便是真君子，如若不来也枉称了西蜀的将魁元……"

"姥爷。"

听到赵凌薇的叫声，赵子栋只是转头看了一眼，便不声不响推门进了屋。这样冷淡的态度，在赵凌薇的记忆中还是第一次。

见此情形，赵凌薇顿觉手足无措，正要转身离开，就见韩素香挎着装满了菜的藤编篮子从外面进来。一见到姥姥，她连忙迎上前去。

"姥姥，我姥爷……"

韩素香连忙摆了摆手，瞟了一眼开着的屋门，压低了声音说道：

"团长今天早晨给你姥爷打电话，说你不想在曲艺团了，要出去拍电视剧。接到电话，你姥爷气得一天都没吃饭。我劝了好一阵，这才平静下来，你就别再继续添堵了。听我的，等过几天再来。"

她还没有说完，就听屋里的人厉声说道：

"你还跟她啰唆个什么，还不进来！"

韩素香被吓了一跳，抬头看了一眼屋门，又向赵凌薇摆了摆手，这才挎着篮子进屋，屋门在她身后被重重关上。

第二章 梦中奇遇

看到姥爷发火，赵凌薇的心里更加慌乱。低着头纠结了好半天，才慢吞吞地来到屋前，推门走了进去。

此时，赵子栋正和韩素香面对面地坐在桌前吃饭。看到外孙女进来，先是张了张嘴，随后将碗推开，别过了头。

见此情形，赵凌薇不觉有些尴尬。

"这倔老头也真是的，知道你脾气犟。"韩素香看了一眼外孙女，笑着解围道，"有话慢慢说嘛。"

"姥爷，对不起。"赵凌薇低着头，小声地道着歉。

原以为事情就这样结束了，谁料赵子栋越发怒火中烧，一句话都不说，直接起身拉着赵凌薇来到门口，伸手将其推出去后，把门砰的一声关上了。

赵凌薇没想到一向疼爱自己的姥爷会这样做，当场愣在原地。少顷，待反应过来，又上前敲门，只听里面的人愤怒地说道：

"你走吧，什么时候把事情做对了，什么时候再来见我们。"

见姥爷心意已决，尽管心中不愿，赵凌薇也只能悻悻地离开。此刻她内心烦躁到了极点，只想赶快找个地方将郁闷的情绪全部发泄出来。

是夜，景山公园万春亭。作为四九城的中心，亭子坐落在景山之巅。在这里，内城的夜景尽收眼底，美不胜收。晴朗的夜晚，绕着亭子漫步，仿佛置身于诗画之中。

然而，此刻赵凌薇却无心赏景。她独自坐在亭子的台阶上，大口大口地喝着啤酒。身旁的购物袋中放着啤酒，脚前横七竖八地散放着七八只空啤酒罐。

说来奇怪，赵凌薇原本只想借酒消愁，没想到随着酒精渐渐弥漫，难过非但没有减轻，反倒愈发强烈。与此同时，回忆也像是开闸的洪水般倾泻而出，无法停止。

尽管出身在艺术世家，姥姥和姥爷寄予了无限厚望，但实际上，一开始赵凌薇却并没有表现太过优秀。不仅外表长得胖胖的，而且手脚协调方面也没那么灵活。

京韵大鼓表演看似简单，不像京剧有那么多的说道，就是一人一鼓一板，综合艺术素质却要求极高。不仅要能熟练地背诵唱词，而且表演过程中眼神、表情还要和双手灵活配合，真正做到三者交融，才算合格。

为此，刚刚接触那段时间，每天晚上，赵凌薇只要有空就会和姥姥姥爷一道爬山去万春亭，在三弦的伴奏下，练习唱词和身段。即使下雨，也要顶着雨练习，从不停歇。

也正是在日复一日刻苦练习下，丑小鸭才完美地蜕变成如今的白天鹅。

想到童年的经历，赵凌薇心里忽然涌起强烈的酸楚，含泪起身唱道：

"细雨轻阴过小窗，闲将笔墨寄疏狂。摧残最怕东风恶，零落堪悲艳蕊凉。流水行云无意话，珠沉玉碎更堪伤。"

赵凌薇越唱越伤心，大颗大颗的泪珠顺着脸颊滑落下来。作为年轻人，她实在想不明白，为什么明明拍电视剧那么好的机会，团里硬是不放。从小到大一直疼爱自己的姥爷，居然将自己拒之门外，难道说想出名赚钱就是错的？可之前不是已经有那么多人改行了吗，为什么自己却不行？

或许是老天也察觉到了赵凌薇心中的委屈，忽然下起雨来，瞬间将她浇了个透心凉。她却好像没有察觉，仍自顾自地伤心着。直到将所有的力气用完，昏厥了过去。直到次日早晨，清扫工来打扫亭子，才在台阶旁边发现了高烧的她。

赵凌薇病了，烧得昏昏沉沉，一个劲儿地说胡话。尽管采用了很多办法，却仍旧高烧不退。为了不被烧成肺炎，赵子栋和韩素香只得将她送去住院。

昏迷不醒的赵凌薇在半梦半醒间看到一个五六岁、头上戴着发夹、后面用红绫子绑着马尾辫的小姑娘蹦蹦跳跳地来到病床前。在看清女孩长相后，她不禁一怔，犹豫了好半天，才问道：

"小姑娘，你叫什么名字？"

"赵凌薇。"

女孩听到问话，认真地回答，模样十分乖巧。

"赵凌薇？"赵凌薇讶异地问道，"你姥姥和姥爷叫什么？是干什么的？"

"我姥爷叫赵子栋，姥姥叫韩素香，是唱大鼓书的。"

赵凌薇点了点头，没错，面前的这个孩子确实是小时候的自己。四五岁时，每当托儿所举行活动，她总会第一个报名大鼓书表演，活动当天让姥姥给自己梳个漂亮的马尾，再扎上心爱的红绫子。

想到这儿，赵凌薇拉过女孩的手，上下打量了一番，问道：

"那你会唱大鼓书吗？"

"会。"女孩点了点头，亮开嗓门，唱了起来，"稀世奇珍哪被土蒙，独有慧眼识玲珑。庸才不辨真和假，昏君颠倒青与红。风雨难摧匹夫志，只为胸中存志诚。唱一段楚国的卞和献玉璞，他受重罪遭酷刑，心不悔志不更，百折不挠求真情啊……"

赵凌薇知道女孩唱的是《和氏璧》，这也是姥爷教给她的第一个唱段。那时候每次唱曲她都会将自己想象成蒙冤遭难的卞和，将大鼓书当成要守护一辈子的和氏璧。

忽然间，赵凌薇似乎明白了什么。与此同时，面前的女孩也忽然消失，再也找不见了。

就在她焦急地寻找时，忽然脚下一个踉跄，身子直直地向前扑了出去。

"醒了。"

随着一声欣喜的叫声，赵凌薇缓缓睁开了眼睛。她看到姥姥和姥爷此刻坐在病床前，正双双看着自己，目光中满是惊喜。

"你这丫头也真是的，不会喝酒还逞能，被雨淋得高烧不退，险些被烧成肺炎。"

一看到外孙女醒来，韩素香终于松了口气，提着的心也随之放下，又继续唠唠叨叨个没完。

说来奇怪，赵凌薇以前最讨厌姥姥的唠叨。此刻却觉得像是唱歌般的悦耳动听。

"好了，好了，少说两句。凌薇虽说醒了，可还得好好养着。你就别再啰里啰唆个没完了。"

赵子栋边说边伸手拉住了妻子，关切地问道：

"凌薇，好些了没有？饿不饿？姥爷给你去买好吃的。"

说着，他站起身，拿起饭盒准备去食堂打饭。谁知刚一转身，就被外孙女拉住。

第三章　彩舞现世

"姥爷，我错了。"

看到姥爷和姥姥一道疑惑地看向自己，赵凌薇低着头歉意地说道，"我不该一意孤行非要去拍电视剧，惹您生气。"

赵子栋看了一眼老伴，叹了口气，又坐到了椅子上。

"凌薇，姥爷不是因为这件事和你生气。"

不是……？！赵凌薇疑惑地抬起头来，狐疑地看着赵子栋。

"年轻人有梦想是好事，你想拍电视剧我们肯定会支持。"赵子栋拉着外孙女的手，表情凝重地说道，"姥爷生气的是你不该因为这件事有转行的想法。先不说你付出了多少 努力才有今天，也不说我和你姥姥对你给予了多少期望。姥爷就想问你一句，你到底还

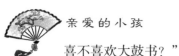

喜不喜欢大鼓书？"

赵凌薇沉默半晌，点了点头。

赵子栋眼前一亮，抬头看了一眼老伴，笑着说道："那就好，既然喜欢，那就不能半途而废。凌薇，你还记得姥爷给你讲过的小彩舞的故事吗？"

"记得。"

赵子栋为人豪爽豁达，除了大鼓书唱得好，还特别会讲故事。小时候，每当和赵凌薇一道去北海划船，赵子栋便会边划桨边给外孙女绘声绘色地讲故事，小彩舞就是其中的一个。

京韵大鼓形成于清末民国初，起源为流传于河北境内的木板大鼓，后由当时的鼓书艺人刘宝全改为北京话演唱，并在原先的基础上广泛吸收了京剧唱腔和北京当地的民间曲调创制新腔，又在基础上增加了四胡和琵琶，这才形成了如今的演出形式，小彩舞便是京韵大鼓行当中最重要的代表人物。

"千里刀光影，仇恨燃九城。月圆之夜人不归，花香之地无和平。一腔无声血，万缕慈母情。为雪国耻身先去，重整山河待后生……"

1984年，导演林汝为正着手将老舍先生代表作品《四世同堂》拍成电视剧，为了找到能唱主题歌《重整河山待后生》的人伤透了脑筋。经过一番激烈的竞争，几个月后，终于确定了人选。

录制当天，30多人的西洋大乐队都伸长了脖子，等着看到底是哪个漂亮的女歌星能够唱这么气势恢宏的歌曲。

谁知等来等去，等了半天，最后来的却是一个拄着拐杖，白发苍苍、长得又瘦又小的老太太。

这老太太是谁？怎么会有那么大的能耐让一向严格的导演主动邀请？

一时间，众人的眼神都变得古怪起来。心想，这个老太太肯定会把录制搞砸了，这不是石头上栽葱——瞎耽误工夫嘛。

哪知道，老太太一亮嗓门，大伙儿就被震住了。一曲结束，空手的鼓掌，手里有乐器的敲乐器，录音室里好不热闹。

这场景顿时吓坏了老太太，她连忙问导演，什么领导人来了？

林汝为哈哈大笑："没谁来，这掌声是大伙为您老鼓的。"

等到电视剧播出，《重整河山待后生》瞬间红遍了海内外，也让八十岁高龄的骆玉笙名扬天下。

然而，谁都不知道，老人光彩夺目的背后竟藏着一段不为人知的心酸往事。

骆玉笙，艺名小彩舞，由于不到六个月就被身为江湖艺人的养父骆彩武买回家，所以她并不知道自己真正姓什么。

骆彩武是天津人，变戏法演双簧是他的绝活。自四岁起，骆玉笙就随养父闯荡江湖卖艺为生。

七岁那年，骆玉笙跟着戏班子来到武汉演出。没想到，竟和当时著名的京剧女小生孟小冬同台。

"听他言吓得我心惊胆战，耳听得城外乱纷纷。旌旗招展空翻影。"

台上，骆玉笙将空城计中的诸葛亮演绎得淋漓尽致。台下，孟小冬听得全神贯注，一曲终了，带头叫好。

演出结束后，卸去戏装的孟小冬原想将自己一块随身的玉如意赠送给骆玉笙，哪知对方却不肯接受。戏园子老板刚想说话，就见孟小冬摆了摆手，笑着说道：

"你别看这孩子人小，可机灵着呢。她要的是光亮，是一片天哪。"

孟小冬说得没错，只要不拍戏，骆玉笙就会抬头看着天，喜欢见着光亮。也正因为这样，原本是江南女子的她选择转行学唱京韵大鼓。

那时的梨园行里流传着这样一句话：戏不进北京不响，曲不入天津不鸣。唱大鼓要是在天津叫了座，那才能真正成角儿，成腕儿。

养父骆彩武去世后，骆玉笙正式给自己取了小彩舞的艺名，斗着胆子来闯天津卫这道关。

1936 年是日本军队进驻天津的第三年，也是七七事变发生的前一年。

这一年，梨园行出现了一件大事，金嗓歌王小彩舞享誉津门。消息在报纸上一经刊登，唱曲的戏楼险些被人踩平，每天都有很多人络绎不绝地前来，争相一睹她的风采。那时，台上台下无数人跟在骆玉笙的身边，众星捧月般地为她鼓掌叫好。甚至许多当地的达官贵人也纷纷献殷勤，每场演出前都会送花篮，想要与她结交。

与此同时，小彩舞的表现也引来了同行的嫉妒。某天演出时，唱梅花大鼓的蓝玉还没表演完，台下的观众就纷纷喝起了倒彩，要将其赶下台，换小彩舞上来唱。

蓝玉是天津曲艺行里唱梅花大鼓的头牌，当初戏园子老板韩子平为了请她，好话说了一大堆，还额外破例提前支了三年的戏资，这才答应签约。如今吃了这亏，岂能善罢甘休。

于是在小彩舞下台后，先是一顿挖苦打击，随后添油加醋地将这件事告诉给了京韵大鼓的创始人刘宝全。

"刘先生，您可是京韵大鼓的创始人，那小彩舞算是什么东西，怎可抢了您的风头？若你连问都不问一句，别人还以为怕了，这以后还怎么得了？"

这一番说辞果真奏效，很快便引起了刘宝全的共鸣。当初小彩舞来天津卫时他正在南京演出，还从未与其打过照面，如今正好可以一探究竟。若是好，便留下继续演出。若是不好，就以京韵大鼓创始人的身份将其彻底封杀逐出天津。

就这样，送走蓝玉，刘宝全独自拿着扇子出门了。

第四章　天桥奇遇

东来轩茶楼热闹非凡，此刻一楼大堂和二楼雅间都坐满了人。嗑瓜子、喝茶水、吃萝卜的干什么的都有，夹杂着不同的声音，就像是一壶即将烧开的水，一个劲儿地滋滋冒着热气。

少顷，身着长衫的刘宝全从外面缓步走了进来。尽管他用扇子遮着脸，经过门口时，还是被守门的小厮一眼给认了出来。

后台化妆间内茶馆老板韩子平正在催场，看到小厮慌慌张张地跑来，脸立刻阴沉了下来。

"阿忠，你干吗？慌慌张张的像什么样子！"

小厮连忙凑上前去，趴在韩子平的耳边，将刘宝全来茶馆的消息告知给了老板。

韩子平微微一怔，迅速来到后台，伸手撩开幕帘，顺着缝隙向里张望。果不其然，此刻刘宝全已坐在二楼左侧最里面的雅间里，面前的桌子上摆着一壶茶水和一盘瓜子，正慢悠悠地吃着，看样子并非来搅局，只是寻常喝茶听曲。

虽是如此，韩子平却并未掉以轻心，放下幕帘后，将小厮带到隔间，紧锁双眉低声吩咐其多派人手加以防范，而后才又佯作无事回到化妆间，继续催场去了。

二楼，刘宝全仍边吃边有一搭无一搭地和身旁的看客聊着天，从方才的谈话中，他已经了解到小彩舞不仅唱得好人也长得标致，行为举止落落大方，比起蓝玉的刻薄做法确实要更胜一筹。

刘宝全心中暗自感慨，一个年轻的江南女子孤身一人到天津卫闯荡，倘若没有点真功夫，确实无法立足。看样子，这小彩舞的确不是等闲之辈。

正想着，就见门帘忽被挑起，一位上身穿着桃红纱衣、下身着黑裙，双手拿着竹板和鼓槌的年轻女子袅袅婷婷地走上台来，少顷，等伴奏师傅们坐好，落落大方地行了个礼，笑着说道：

"小彩舞来到天津卫闯荡，感谢各位老少爷们捧场，这才有了今天。接下来，献唱一曲《剑阁闻铃》，希望各位老少爷们喜欢。"

说着，小彩舞弯腰鞠了一躬。音乐声响，只听唱道：

"马嵬坡下草青青，今日犹存妃子陵。题壁有诗皆抱恨，入祠无客不伤情。万里西巡君请去，何劳雨夜叹闻铃？杨贵妃梨花树下

香魂散，陈元礼带领着军卒保驾行。

"叹君王万种凄凉千般寂寞，一心似醉两泪如倾。愁漠漠残月晓星初领略，路迢迢涉水登山哪惯经。好容易盼到行宫歇歇倦体，偏遇着冷雨凄风助惨情。剑阁中有怀不寐唐天子，听窗外不住的丁当连连的作响声。忙问道外面的声音却是何物也，高力士奏林中雨点和檐下金铃。这君王一闻此言长吁短叹，说正是断肠人听断肠声！"

这声音哀婉凄楚、如泣如诉，将国破家亡时，一代倾国倾城美人的命运表现得淋漓尽致。再看台下观众，要不就是不停地摇头叹息，要不就是用帕子擦拭眼泪，所有人的情感已然形成共鸣。

看到这里，刘宝全又惊又喜。想不到这台上的小姑娘年纪轻轻，却将大鼓书说得这样好，若是再加以点拨，想来日后定会成为曲艺行里出类拔萃的人物。只不过，单看唱功不行，更重要的还是人品。

想到这里，他决定再继续对小彩舞考验一番，看看其是否真的是可造之才。

十天后，茶馆收到了驻守北平的北洋军参谋冯爱章派人送来的请帖，专程请小彩舞参加他的五十岁寿辰。

按理说，一个参谋并没有多大的面子。然而，由于冯爱章和曾经做过北洋政府大总统的徐世昌是把兄弟，因此在京津两地亦是个响当当的人物，无论官员还是商贾都拼了命地想要与其结交。

如今，这样的人物能够向小彩舞伸出橄榄枝，邀请她到自己府上做客，毫无疑问，对于一个整日在茶馆里唱曲的京韵大鼓艺人来说，是莫大的荣光。

就这样，在韩子平的支持下，小彩舞到北平参加冯爱章的生日宴。不仅如此，初到北平的她还在寿宴的前一天兴奋地前往天桥。

北平天桥原本只是一座横跨在龙须沟上的三梁四栏汉白玉石桥，由于明清两代的皇帝到天坛祭祀时都要经过这里，因此为图吉利，便改为了天桥。

尽管看似普通，天桥在曲艺行里却拥有着无可比拟的地位。从明朝嘉靖年间起，就陆续有江湖艺人到这里跑场子卖艺，经过近百年的不断发展壮大，这里已经成为民间演艺的聚集地。耍中幡、抖空竹、拉洋片、硬气功、吞宝剑、唱双簧……每个摊位前都围了很多的人，说着笑着，拍手叫好，真的是旗戏鼓天桥市，多少游人不忆家。

对于这样的场景，小彩舞再熟悉不过。当年她还是个孩子，就每天跟义父到这样的地方卖艺，不知不觉已过去了十几年。如今义父去世，只剩下孤零零的自己。

想到以前的事情，小彩舞不禁有些唏嘘。

她正想着，忽听不远处传来一阵喧闹声。循声看去，只见一群身材魁梧的壮汉正围在一个摊位前，用力地推搡着一个弹三弦的老头。由于身子失去平衡，老头重重地摔倒在了地上。

小彩舞吃了一惊，连忙跑过去扶起了老头，愤怒地说道：

"你们干什么？一群大男人居然在这里欺负老人？你们眼里还有没有王法？"

男人们哈哈大笑，好像小彩舞的话是个天大的笑话。

好一会儿，为首的男人终于止住笑声，用手指着老头冷哼了一声，恶声恶气地说道：

"那你要问问这个姓乔的干了什么？我家老爷看这三弦琴师落魄了，好心借给他五十两银子，在天桥摆下这个摊儿，可他欠债不还，已经拖了两年。小姑娘，今天看在你的面子上，爷们暂且饶过他，若是还这样，下次便废了双手，让他永远不能再拨动这三弦。"

说完，这群人扬长而去。

第五章　联袂演出

"老伯，你没事吧？"

小彩舞注视着那群人走远，伸手扶起一旁仍低着头、脸色发白、身体不住打着哆嗦的老头，关切地问道。

老头好像受到了很大的惊吓，听到问话猛然抬起头来，见小彩舞笑盈盈地看着自己，一脸的善意，这才放下心来，紧抱双拳，弯腰施礼，感激地说：

"小姑娘，多谢你帮忙。滴水之恩当涌泉相报，我韩永禄日后定会报答。"

韩永禄？！

小彩舞听到这话顿时一惊，想不到面前这其貌不扬的老头竟然就是有着三弦圣手之称的韩永禄。

说到韩永禄，在中国鼓曲界绝对算是里程碑式的人物。这不仅是因为他三弦弹得好，更因为15岁时就给京韵大鼓名家刘宝全弹弦伴奏而名扬天下。这样的人物，若不是今天这般奇遇，只怕想见都难。

韩永禄见小彩舞惊讶地看着自己，便用手摸了一下脸，自嘲地笑道：

"你觉得我不可能是三弦圣手对不对？也是，落魄的凤凰不如鸡。"

"不是。"小彩舞连忙摆了摆手，"老伯，不，韩大师，您千万别误会，后辈绝没有冒犯的意思，只是有些意外，没想到会在这里遇见您。"

"嗯。"韩永禄点了点头，"小姑娘，瞧你这举止做派，也是唱曲的吧？"

小彩舞见前辈问话，便也答道：

"前辈说得对，彩舞也是唱京韵大鼓的，只是年纪尚轻，还需继续历练。"

韩永禄讶异地看着小彩舞，上下打量了一番才又继续说道："我虽说人在北平，可天津卫的事情也知道不少，如今这金嗓歌王小彩舞的名号可是如雷贯耳，没想到竟然是这么个年纪轻轻的小姑娘，看来当真是我眼拙。"

"老伯言重了。"小彩舞谦虚地说，"这不过就是大伙儿的抬爱，彩舞自知才疏学浅，还需勤加苦练。"

"你能有如此胸襟气度，日后定能成为曲艺行里的头牌人物。"韩永禄笑着赞叹道，"彩舞，说起来，你我也算有缘，不如在此地联袂演出一曲如何？"

小彩舞知道韩永禄作为一代器乐大师，若不是极为看重的人，根本不会有这样的提议。

"当然可以。"小彩舞兴奋地笑道。

韩永禄微微一笑，抱着三弦在琴凳上坐下来，先细心地调了调音，确定音准正确，这才进入了正曲。

"丑末寅初日转扶桑，我猛抬头，见天上星，星共斗、斗和辰，它是渺渺茫茫、恍恍惚惚、密密匝匝，直冲霄汉减去了辉煌。一轮明月朝西坠，我听也听不见，在那花鼓谯楼上，梆儿听不见敲，钟儿听不见撞，锣儿听不见筛呀这个铃儿听不见晃，那些值更的人儿他沉睡如雷，梦入了黄粱。架上的金鸡不住地连声唱，千门开、万户放，这才惊动了行路之人，急急忙忙打点着行囊，出离了店房，遭奔了前边那一座村庄。渔翁出舱解开缆，拿起了篙，驾起了小船，漂漂摇摇晃里晃荡，惊动了那水中的那些鹭鸶，对对的鸳鸯，它是扑扑棱棱两翅儿忙啊，这不飞过了那扬子江！"

一曲《丑末寅初》终了，原本空荡荡的场地已经站满了观众。人人拍手叫好，纷纷要求小彩舞再来一首。

就这样，在这一老一小的配合下，那天下午接连唱了十六首曲子。每一首都根据不同的曲风意境拿捏得恰到好处，足见小彩舞的功底已炉火纯青。

演完最后一曲，韩永禄抬头看了一眼天空，见此刻已日落西山，便起身说道：

"彩舞，今天就到这儿吧，大伙儿也都散了吧。"

围观的人此刻虽兴致未尽，可见天色确实不早，便也只能纷纷散去，原地只剩下一个头戴礼帽、戴着金丝边眼镜、身上穿着米色

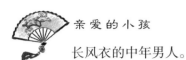

长风衣的中年男人。

见小彩舞和韩永禄要走，男子快步上前，笑着说道：

"二位，我是大华唱片的总经理肖枫，刚刚听了你们的演奏，想邀请二位和我们公司合作录制唱片，不知可有兴趣？"

小彩舞一愣，今天是什么日子，怎么会连续遇到行业高人？大华唱片可是眼下顶级的唱片公司，要是和他们合作，想不出名都难。

韩永禄看了一眼小彩舞，板着脸说道："我老了，你要是想合作就找我徒弟吧。"

"徒弟？"小彩舞疑惑地问道，"韩大师，您是说……"

还没等她说完，话头便被韩永禄猝然打断。

"你就是我的徒弟，在你之前，我曾陆陆续续收过八个徒弟，你是第九个，也是我的关门弟子。"

小彩舞听到这话，顿时高兴到了极点，连忙说：

"师父在上，弟子给您磕头了。"

韩永禄见小彩舞要跪下磕头，忙拉住了她，笑着说道：

"我韩永禄是性情中人，平生最厌恶的就是这些繁文缛节。你要是真想拜，那就鞠个躬吧。"

小彩舞见师父这样说，便也不再勉强，欢欢喜喜地鞠了个躬，又对萧枫说道：

"感谢萧经理的抬爱，彩舞只是在茶楼唱曲的寻常女子，怕是登不上大雅之堂，还请见谅。师父，咱们走吧。"

说完，小彩舞就扶着韩永禄离开了。

尽管被对方拒绝，小彩舞的真诚与直率反倒深深吸引了萧枫。在见过了众多争名夺利的女人后，这个纯真、不矫揉造作的女孩反倒更令人感动。今后倘若当真有幸与其合作，那他定会倾尽全力将小彩舞打造成受人追捧的明星。

夕阳的余晖洒在地上，暖洋洋的，让人心情很是舒畅。

小彩舞边和韩永禄向前走，边讲自己过往的经历。自打养父去世，这种温暖的感受她就再也不曾体会。如今又有人关心疼爱自己，一定要好好抓住这个来之不易的机会。

少顷，韩永禄好奇地问道："彩舞，大华可是顶级的唱片公司，萧经理既然有意与你合作，就该答应才对，怎么反倒拒绝了？"

小彩舞听到师父问话，苦笑了下："师父，我也知道这机会难得。可彩舞只是个在茶馆卖艺唱曲的女子，又怎敢奢望成为明星？况且，此事一旦被刘先生晓得，只怕会误会"。

韩永禄恍然大悟，原来这丫头是对刘宝全有所顾忌，既是如此，那他就该暗中帮帮对方。

第六章 鼓曲声声

是夜，华北楼饭庄

作为七朝古都，北平同时拥有前三海、中海和后三海。其中，西河沿自清末民国初一直极为繁华。尤其是进入民国之后，随着金融业、旅店业等商业服务业高速发展，那里就成了著名的商业品牌，同时云集了萧山会馆、代州会馆、渭南会馆、正以银会馆等等。同时，旅馆、饭馆酒楼等服务业也非常发达，不少银行、银号、钱庄也都集中于此。

此刻，从三楼最里面的雅间里隐约传来说话声，刘宝全、韩永禄和萧枫正围坐在桌旁边吃边聊。

"韩老，恭喜今日喜收关门弟子。"萧枫拿着酒杯，笑着说道，"而作为最著名的饭店华北楼就位于前门西河沿。你们弹唱时，我一直在暗中观察，这小彩舞虽说是女子，可也的确是个难得的人物。如今她被韩老收为弟子，日后定会前途无量。来，萧某以茶代酒，敬您。"

韩永禄摆了摆手，看了一眼一旁笑而不语的刘宝全，说道：

"萧先生有所不知，这件事还是刘先生的功劳。"

"哦?"

韩永禄微微一笑: "如果不是刘先生派人秘密跟踪小彩舞,又设法在前门设下这打人的计策,我又怎么可能有机会与她结下师徒缘? 要说起来,应该是咱们一道敬刘先生才对。"

萧枫恍然大悟点了点头,笑着说道: "我就说嘛,韩老您一代三弦大家,怎么可能无端端被几个小子当街打,却原来是计策,看来还是刘先生谋略高,晚辈敬你们。"

说着,三人将酒杯碰在一处。

喝了口酒,刘宝全叹了口气说道: "这也是没有办法,你们也知道,京韵大鼓刚刚兴起,常言道,孤掌难鸣,若是没人接班,就会后继乏力。可如果人选得不对,那会更麻烦。上次在天津,刘某已经听过她唱曲,确实是个好苗子,关键这人品如何,必须得好好考察一番才行。也正因为这样,所以才和韩先生一道定下了计策。"

"经过今日这一番测试,二位先生觉得如何?"萧枫好奇地探问道。

"不忙。"刘宝全招了招手,神秘地一笑, "明日还有一关。"

萧枫诧异地看向韩永禄,见对方点头,又追问道: "如何测试?"

"这……"刘宝全微微一笑, "天机不可泄露。"

萧枫见对方不肯回答,便也只得暂且收起好奇,静等第二天再继续观看。

次日,冯爱章府上张灯结彩,人人喜气洋洋。从早晨第一位客人到达已过去了两个多时辰,仍有客人带着厚礼陆续前来,意图结交这位京城里的新权贵。

后台,身着灰色长衫的刘宝全坐在紫檀木椅上悠闲地喝着茶,忽然,副官匆匆进来,催促道:

"刘先生,演出快开始了,还是得早点准备。"

刘宝全抬头瞟了一眼,继续喝着茶,缓声说道: "不碍事,我心里有数。"

副官见他这般气定神闲,心知其作为大鼓名家,定是已做好万全准备，于是便也不再多说，只是招呼了一声，就退了出去。

刘宝全又喝了会儿茶，就见随身小厮忽然从外面跑了进来，来到他近前，附耳数句。

刘宝全眼前一亮，兴奋地说道："你看清楚了？"

小厮肯定道："爷放心，小的不会看错，刚刚进来的就是小彩舞。"

刘宝全将茶杯放到身旁桌上，笑着起身说道："更衣，上场。"

场上，随着琵琶声响，刘宝全一手拿着竹板，一手拿着鼓槌缓步走上台来，和先前不同，他此刻身上多了一件黑色的夹衣外套。

"各位老少爷们儿，今天是冯大人的寿辰，刘某在此恭祝他福如东海、寿比南山。"

话音刚落，台下顿时响起雷鸣般的掌声，刘宝全虽说只是个唱曲的，但作为京韵大鼓的创始人，却也早已名震全国。况且他性子耿直，不喜欢巴结权贵，就算是花重金邀请唱堂会，也不是次次到场。说来奇怪，尽管行为这般格格不入，身价却不降反增，已然成为有钱人的心头好。

刘宝全摆了摆手，笑着说道："大家伙儿都知道，曲不唱不鸣。今天不仅刘某到场来给冯大人拜寿，我还专程从天津卫邀请来了一位朋友金嗓歌王小彩舞，大家用掌声邀请她上场。"

那些达官贵人虽说没见过小彩舞，却也早就通过报纸得知她的名号。因此，一听刘宝全这样说，立刻鼓起掌来。

小彩舞原本只是来看看，根本没想到自己会上场。然而毕竟前辈相邀，她也不能扫了面子，于是便也只能走上台来，站在了刘宝全的身边。

"刘大师，我……"

刘宝全见小彩舞一副局促的模样，微微一笑："小彩舞，我之前虽说在南京，可也早就听说过你，知道京韵大鼓唱得好。不如今天趁此机会，咱们同台一起唱首《大西厢》如何？"

小彩舞心中一颤，她知道，刘宝全这是在故意考验自己。《大西厢》不仅要求唱功好，表演也要到位，缺一不可。可既然对方点名要唱，她要是拒绝，那不仅是拂了面子，也会得罪在场的观众。既是如此，也只得硬着头皮唱下去。

　　"多谢刘先生，那晚辈就斗胆献丑了。"

　　刘宝全点了点头，小彩舞的从容镇定，当真让他欣赏。看来，还真如韩永禄所说，这女孩是块璞玉，好好雕琢一下说不定真能出彩。

　　就这样，在琵琶和三弦的伴奏下，二人同台演出，共献《大西厢》。演出过程中，尽管刘宝全时不时炫技，可当小彩舞面露难色时，他却又总是稳稳接住。珠联璧合的配合让台下观众赞不绝口，掌声迭起，一浪高过一浪。

　　演出结束后，意犹未尽的刘宝全又亲自用车将小彩舞带到茶馆，边喝茶边聊天。

　　"刘先生，您有您的大观园，彩舞有自己的小茶馆。您放心，我以后只给市井百姓唱曲，绝不动了您的地界。"

　　聊了一会儿，小彩舞担心刘宝全有顾虑，郑重许诺道。

　　刘宝全摆了摆手，笑着说道：

　　"彩舞，我今天带你出来，就是要告诉你，刘某平生很少有赏识的人，你是其中一个。虽说你眼下年轻，技巧仍需精进，可人品和唱功都没问题。今后若有合适的机会，刘某自会多推荐，也希望你能够继续努力，把京韵大鼓唱好。"

　　刘宝全的这番话使小彩舞深受鼓舞，同时也让她倍感温暖。在对方的注视下，小彩舞含着眼泪站起身来，向刘宝全深深地躬身施礼。

第七章 新的难题

病房，讲到这里，赵子栋深有感触地说："就这样，小彩舞和刘宝全通过京韵大鼓结下了深厚情谊，尽管后来，她经历了许多磨难，但在刘宝全、韩永禄、萧枫等人的帮助和支持下，始终没有放弃，以毕生心血守护着艺术。"

虽说小时候就曾无数次听姥爷说起过这个故事，然而，此次与之前不同，由于经历了些事情，赵凌薇听起来格外有感触。

韩素香看了一眼老伴儿，也接口说道：

"凌薇，我知道眼下传统曲艺市场低迷，团里有些人觉得看不到希望，纷纷转行。可事实上，现在的处境比以前好太多了。当初团里公私合营，一多半人面临着下岗的困境。你们郭老师为了不解体，大伙儿能有口饭吃，硬是主动请缨当起了经纪人，一点点培养人脉，这才有了今天。要我说，你资质不错，又是他的弟子，这个时候该想想今后怎么发展，而不是跟着别人瞎起哄。"

姥姥的这番话像是鞭子一样抽打着赵凌薇的心，让她既惭愧又自责。

赵子栋眼见得外孙女一脸窘态，便用手拉了拉妻子，起身说道："好了，好了，凌薇刚好些，仍需要静养，咱们还是去买些吃的给她补补身体吧。"

老两口离开病房，只剩下赵凌薇一人。

躺在床上，赵凌薇闭上了眼睛，心里却反复想着刚刚姥爷和姥姥的话。她从小练大鼓书，这些年早已习惯了大鼓艺人的生活。京韵大鼓对于自己，不仅是谋生手段，也是信念。既是如此，就该像姥姥说的那样，好好想想，接下来该怎么发展这门艺术，而不是自暴自弃地怨天尤人。

　　想到这里，赵凌薇立刻来了精神，想赶快出院。赵子栋和韩素香担心外孙女身体吃不消，便不断劝说。无奈，赵凌薇只得又勉强住了几天院，才重新回到剧团。

　　团长办公室，郝爽抬头看着站在办公桌前的赵凌薇，笑着说道：

　　"凌薇，你确定要收回辞职报告？先前态度那么坚决，我以为你真的下定决心了。"

　　赵凌薇脸一红，神情局促地说道："团长，住院这段时间我想了好多，还是舍不得离开京韵大鼓。也希望您能再给我一次机会。"

　　"当然可以。"郝爽边说边从办公桌的抽屉里拿出赵凌薇先前交给他的辞职报告递给她后又继续说道，"凌薇，努力唱吧，我相信自己不会看错人。"

　　赵凌薇笑着道了声谢，转身走出了办公室。

　　拿回辞职报告的赵凌薇心中前所未有地轻松，正像赵子栋和韩素香期许的那样，她再也不想其他的事情，只是一门心思地排练演出。然而，意想不到的是，事情还没有过去多久，另一个难题就又出现了。

　　北京，郝家庄。

　　郝家庄位于密云水库附近，燕山群山丘陵之间。村庄绿树环绕、鲜花盛开，景色极为怡人。

　　这天，赵凌薇随团来村里慰问演出。由于是政府组织的活动，所以同来的也都是各曲艺门类的翘楚。

　　村里对曲艺团的到来给予隆重欢迎，在村党委书记张兵的安排下，不仅准备了当地丰盛的全鱼宴和各种山野菜，还提前让负责宣传的干事挨家挨户通知。奇怪的是，努力虽已到位，最终到场的却只有几十个村民，而且都是白发苍苍的老人。

　　尽管这样，演员们仍秉持着戏一开场就不能停的规矩，认认真真地演出。绝活包袱一个接着一个，虽然人少掌声却始终不曾停过。

　　演出结束后，村里又组织吃晚饭。趁着这机会，赵凌薇将张兵悄悄叫到了饭店门口，小声地说起话来。

"张书记，我看刚才的观众不是很多，而且都上了年岁。"赵凌薇迟疑了一下，继续说道，"是不爱看演出吗？"

张兵摆了摆手，笑着说道："赵老师，您千万别误会。咱们这地方小，你们这些艺术家能来，就已经很荣幸了，又怎么可能不爱看？"

说着，他转身要往里走，谁知还没走几步，就又被拉住。

"既然爱看，那为什么人这么少？"赵凌薇稍稍停顿了下，求证地说道："张书记，这里只有咱们两个，你有话就直说呗。"

张兵见赵凌薇一定要打破砂锅问到底，便也只能据实相告。叹了口气，说道：

"赵老师，您不知道，咱们村大部分年轻人都在外面打工，有的已经安定下来的，老人也跟着进城去了。至于剩下的年轻人都喜欢听流行歌曲，有空宁可在家里沙发上躺着刷手机，也不愿意来听传统曲艺。只有老人们在家里闲着没事才会来，所以也就成了您刚刚看到的样子。"

赵凌薇的心陡然一沉，她知道，如今随着各种媒体不断充斥，传统曲艺市场受到了越来越大的冲击。如果再不想办法改变，只怕路子会越来越窄。不行，再怎么说也绝不能让老一代用生命守护的京韵大鼓就这样折在自己这代人的手里。

变，势在必行！

吃过晚饭，赵凌薇跟着团里的其他演员一道回到市内，刚一到家就迫不及待地给师父郭鸿远打电话，约对方去王府井夜市见面。

是夜，王府井夜市很是热闹。尽管早已过了午夜，可城市里那些睡不着的人仍陆陆续续和家人或朋友来到这里，边吃边聊天。

此刻，赵凌薇和郭鸿远相对坐在水爆肚摊位前的小桌旁。除了水爆肚，桌上还摆着炸咯吱、炒肝、褡裢火烧和卤煮。

"凌薇，点了这么多？"郭鸿远笑着说道，"怎么，不减肥了？你再有两个月可就要参加比赛了。"

对于女演员来说，苗条的形体永远是最重要的，为了能够保持

145

永久的舞台生命力，总是会选择节食。

郭鸿远不说，赵凌薇还算好。一听对方提到比赛，干脆耍起了孩子脾气，吐起了苦水。

"师父，我不想参加比赛了。"

"不想参加比赛？"郭鸿远一怔，愕然地问道，"为什么？"

第八章　古韵新声

"反正唱得再好也没人听，那就干脆不要唱了。"

郭鸿远听到赵凌薇的回答，更觉奇怪。看样子，一定是受了很大的委屈。

"凌薇，你今天是怎么了？在哪儿受了气？快跟师父说说。"

赵凌薇见师父问，便一五一十将当天发生的事情说了一遍。末了，她嘟着嘴说道：

"反正，传统曲艺不招人待见了，再唱下去也是瞎耽误工夫，那干脆就不要唱好了。"

郭鸿远明白赵凌薇只是一时闹小孩子脾气，凭着她对京韵大鼓的热爱和天赋，是不会放弃的。实际上，作为师父，他也有着同样的困惑，也正因为这样，这些年才会多方面尝试，一直想办法破局。

想到这里，看着灯火通明的闹市，郭鸿远忽然灵机一动说道：

"凌薇，你知道，咱们北京在建鸟巢和水立方吧？"

"知道啊。"赵凌薇疑惑地看着师父，不明白对方为什么忽然这么问，"鸟巢和水立方不是为了迎接奥运才修的吗？"

"说得没错。"郭鸿远笑着说道，"可你知道鸟巢和水立方也在中轴线上吗？"

赵凌薇眨了眨眼睛，讶异地说道："中轴线？"

她从小在皇城根底下长大，自然知道这中轴线指的是什么。

北京作为六朝古都，在这条并不是真实存在的中轴线上，同时拥有着最能够展现这座城市古韵文化的天安门、永定门、先农坛、天坛、鼓楼等多个地标性建筑，跨越了数个朝代，历史很是璀璨悠久。

由于长期生活在这样的环境中，在古韵文化的耳濡目染下，北京人渐渐养成了豪爽洒脱、善良包容的性格。

如果说古韵建筑得到很好的保护，赵凌薇并不觉得意外。可像鸟巢和水立方这样的现代建筑也同时修建在这条中轴线上，却是她没有想到的。

"你觉得意外对不对。"郭鸿远笑了笑，"可这就是事实。凌薇，你难道不觉得这样做很好吗？古韵和新声巧妙融合，既保持了老北京的原汁原味，同时也赋予了新的活力，这才是多元化、兼收并蓄的大北京。"

赵凌薇没有回答，凝眉思索半晌，忽然悟到了师傅的用意，犹疑地说道：

"师父，您的意思是，我只要保留京韵大鼓原汁原味的核心，在表现手法上也可以融入其他艺术门类，甚至是现代音乐元素？"

"为什么不行？"郭鸿远笑着鼓励道，"每一种艺术门类都有自身融合发展的过程，京韵大鼓本身不就是从木板大鼓演变而来的，后来传到北平，刘先生将唱词改为了北京话，又加入了石韵书、马头调和京剧的唱法。再经过其他表演者不断改变融合，兼收并蓄，这才有了现在的艺术形式。"

赵凌薇点了点头，她不得不承认，师父的身上一直有着某种魔力，即使自己心情再坏，在对方春风化雨般的指导下，也会瞬间转好，再次重燃奋斗的勇气。

"师父，我知道了。"

郭鸿远笑了笑，感慨地说道："凌薇，你要知道，和流行歌手不一样，作为曲艺艺人，咱们的根始终扎在基层，深入到老百姓中间。除了原汁原味的核心不能丢，其他都可以大胆革新。师父相信，你一定会做得非常好。"

赵凌薇嗯了一声，又迅速转移了话头，好奇地问道：

"师父，我听姥爷和姥姥说，90年代剧团改制，曾有过一段极其艰辛的奋斗过程。面对困难的处境，您为什么要毅然决然地挑起经纪人的重任，带着大伙儿破局？"

郭鸿远一怔，他没想到赵凌薇会提起这件事，更不知道该用什么来解释。

郭鸿远是北京大兴人，作为二十世纪六十年代出生的人，和大多数同龄人一样，童年给郭鸿远留下记忆最深的是饥饿。为了填饱肚子不再挨饿，十一岁那年市曲艺团到村里招生，他毅然决然地报考了剧团，唱起了京韵大鼓。也正是因为这样，命运被彻底改变。

从连饭都吃不上的农村孩子到受人追捧的大鼓名家，这些年，郭鸿远始终对剧团怀有感恩之心。无论什么时候，只要剧团需要，他都会不遗余力地做，这也就是当初在剧团出现经济危机时，毅然决然给大伙儿找活的原因。

"凌薇，你们赶上了好日子。"回想往事，郭鸿远心中极为感慨，由衷地说道，"不用再像我们那样为了赚钱养家把家扔到一边，一年三百六十五天在外面找饭辙，为了找活说尽好话。虽说现在曲艺市场仍不景气，可有了国家的政策扶持和社会各界的不断关注，我坚信一定会越来越好。凌薇，趁着年轻，好好唱，师傅为你加油。"

在郭鸿远的鼓励下，赵凌薇信心满满。之后的一个月，她每天只要有空就会去词曲创作的朋友家里，推敲编曲、选择器乐组合、录制DEMO，或是去舞蹈房与舞者切磋伴舞。

功夫不负有心人，经过日以继夜用心打磨，一个月后，一首重新编曲、填词、编舞的《重整河山待后生》终于横空出世。

当郭鸿远被赵凌薇邀请到录音室试听时，戴着耳麦的他在听到这既熟悉又陌生的作品后，先是一怔，继而露出了兴奋的神情，左手跟着音乐在桌上欢快打着节拍，头也跟着旋律点着。

赵凌薇见师父这样，知道他定是对作品极为满意。于是当曲子结束，看郭鸿远摘下耳麦，立刻走近兴奋地问道：

"师父，你觉得怎么样？"

"古韵新声。"郭鸿远开心地说道，"既保留了京韵大鼓原汁原味的核心，又在表现手法上融合了多种乐器，变得极其柔美。凌薇，你这首曲子成了。"

"多谢师父夸奖。"赵凌薇调皮地向郭鸿远鞠了一躬，"师父，我想邀请您和我一起演唱，可以吗？"

"这……"

赵凌薇见郭鸿远犹豫，又继续说道："一直以来，我都希望能和师父同台，只是一直苦于没有找到机会。这次是曲艺行业最重要的赛事，说什么都不能错过了。师父，求求你了。"

说着，她拉着郭鸿远的胳膊，撒起娇来。

"好吧，真拿你没办法。"郭鸿远笑着说道，"虽说是以个人名义参加比赛，但好在可以带助唱嘉宾，我就替你走一趟吧。"

赵凌薇见师父答应，顿时乐得合不拢嘴，嘴里不住地道谢。

第九章　险中夺冠

两个月后，建国饭店。

作为中国第一家合资饭店，位于东长安街的建国饭店在北京人的心中一直有着极其重要的地位。由于靠近国贸中心，重要会议总会习惯性地被放在这里举办。

然而，这一晚和平时不同，充斥着紧张。

此刻，银河会议厅正在举行着两年一度的全国曲艺大赛。由于是复赛，比分始终胶着不下，在近三千名观众的到场见证下，参赛选手个个摩拳擦掌，绞尽脑汁、使出浑身解数，努力一较高下。

后台演员休息室，赵凌薇坐在化妆桌前，看着镜子中的自己，心中满是焦虑。虽然早已做好了背水一战的准备，但由于在复赛中一直位居第二，不知不觉有些不自信。

听到脚步声响，赵凌薇通过镜子看到师父郭鸿远从外面走了进来，连忙起身招呼道：

"师父，您可算是来了。"

由于团里有事，郭鸿远来得稍晚了些。然而在来的路上，通过广播，他也知道赵凌薇的成绩并不是那么理想，一直落在唱梅花大鼓的孙婷婷后面，眼看着只有最后一个环节，内心难免忐忑。

"怎么，不高兴？"虽然知道原因，郭鸿远仍关切地问道。

赵凌薇有气无力地点了点头："师父，孙婷婷的实力实在太强了，之前一直领先，我怕超越不了。"

"不是还有最后一关嘛。"郭鸿远笑着鼓励道，"谁输谁赢还不一定。"

"可是……"

"好了，打起精神吧。"郭鸿远伸手拍了一下赵凌薇的肩膀，笑着说道，"师父相信你，一定行。"

郭鸿远的话像是一道暖流注入到了赵凌薇的心底，她点了点头，笑着打了个胜利的手势。

半个小时后，经过短暂的中场休息，最后也是最激烈的一轮比赛终于开始了。按照组委会的排序，赵凌薇的表演被放到了最后一个。由于前面每一位选手的表演都是中规中矩，临近午夜，很多观众精神都已疲倦，纷纷打起了呵欠。

"下面请欣赏 236 号选手赵凌薇表演的京韵大鼓《重整山河待

后生》，助唱嘉宾郭鸿远，有请。"

随着主持人的话音落下，现场传来了嘁嘁喳喳的议论声。一些年轻观众更是直接站起身来，向外面走去。

眼看着场面混乱，赵凌薇再也按捺不住心底的激动，快步走上台来，接过主持人的话筒，诚恳地说道：

"感谢在座各位的支持，我知道大家一定会想，京韵大鼓有什么好听的？不就是人、鼓和竹板三合一嘛。这么晚了，还不如回家睡觉。尽管这样，我还是希望大家能够留下来把最后一个节目看完，也许会有不一样的感受。接下来，请给我三分钟准备时间。"

这一番话果然奏效，先前已经离席的观众在赵凌薇的招呼下又纷纷回到原位坐下。

将话筒还给主持人，赵凌薇重新回到了幕后。大约过了三分钟，随着一阵急促的鼓声响起，幕布缓缓升到了空中。

"千里刀光影，仇恨燃九城。月圆之夜人不归，花香之地无和平。"

郭鸿远在用传统京韵大鼓的唱腔唱到这里时，侧头看向舞台另一侧的赵凌薇。只听她拿着手持话筒用 RAP 的方式唱道：

"小时候妈妈对我说过一句话，长大了别忘振兴咱华夏。北京城有一条中轴线，左右两端都是瑰宝文化。近七百年的风和雨，顶天立地才是大中华。我告诉妈妈永远不会忘，一首鼓曲唱出浓浓爱国情。"

随着强劲的节奏，全场观众热烈地摆动身子打着拍子，与台上的伴舞演员一道律动。与此同时，电吉他、重金属音乐、打击乐不断掀起高潮，精彩纷呈。

"这是京韵大鼓？"观众席上，一个穿着格子裙的女孩轻声问坐在她身旁的男友。

"当然了。"男友不假思索地说道，"这就是京韵大鼓，咱们所有人都喜欢的鼓曲。"

原本他们是要走的，没想到犹豫地坐下后竟然看到了整场比赛最精彩的节目。

而让所有在场观众更加意想不到的是，二十多名十岁左右的武术少年身着深蓝色袍子出现在舞台上，边潇洒地切换着招式边一起大声念诵：

"少年强则国强，少年志则国志，少年兴则国兴。"

掌声雷动，强烈的爱国情将观众和演员紧密连在了一起，台上台下浑然一体。

经过评委们的热烈讨论，最终，赵凌薇险中夺冠，以力压其他人的绝对分数获得了第一名。

掌声中，赵凌薇向台下观众弯腰鞠躬，含着眼泪发表获奖感言。

"感谢评委老师和观众朋友的支持，同时也要感谢一直以来包容和帮助我的每一位贵人，正是因为你们的见证，我才会一路走到今天。作为传统的曲艺门类，京韵大鼓有其独特的魅力。尽管年代久远，但在一代代曲艺人用心守护下，却始终熠熠闪光。进入新时代以来，随着新兴媒体迭起，人们越来越习惯以最便捷的方式接受各种资讯文化。与此同时，传统艺术的市场则一点点削减，甚至有人公开说不喜欢。说实话，这样的话到现在我已经听了不止一次两次，每一次都感到很难过。不过我也知道，只有尝试着用各种办法留住观众，让越来越多的人了解、熟识，曲艺市场才有可能复苏，而这也正是我们守护的意义。也正因为这样，我才在师父的指导和帮助下，新编了这首具有现代元素的鼓曲。希望它能够像北京中轴线一样，同时做到古韵与新声的巧妙融合，给大家带来新鲜感受的同时，更好地弘扬传统文化。谢谢！"

说完，赵凌薇再次躬身施礼，掌声经久不息。

2024 年，北京。

奥运会的成功举办，让这座古老的城市成了万众瞩目的焦点，焕发出了勃勃生机。

　　在曲艺大赛中成功夺冠后，赵凌薇在唱片公司的邀请下录制发行了京韵大鼓的专辑，同时还在一部讲述京韵大鼓发展过程的电影里出演了小彩舞。这样的机缘不仅拉近了她和老一代曲艺家们的心理距离，也更加坚定了她用心守护大鼓艺术的决心。

　　更多的时候，除了演出，赵凌薇则像师父郭鸿远一样不遗余力地宣传推广京韵大鼓，从前门老舍茶馆到鼓楼广场，处处都有她的身影。尤其是北京中轴线申遗工作启动后，她更是在郝爽和郭鸿远的支持下，以更加多元化的表现手法创作了新鼓曲，并风雨无阻地随团演出。在宣传中轴线文化的同时，也让更多人了解了京韵大鼓这门非遗艺术。

　　姥爷赵子栋和姥姥韩素香看到外孙女这样用心，也主动申请加入了中轴线文化遗产保护监督员的行列，为来自四面八方的朋友义务讲解钟鼓楼历史文化。不仅如此，为了更加深入推广老北京文化，赵子栋还特意拜师学习了各种传统叫卖声。每当讲解结束，意犹未尽之时，他便会给游客们来上一段，从"磨剪子戗菜刀""喂小金鱼儿来哟"到"零卖布头儿哦""豆腐脑儿热耶"，以幽默诙谐的表演形式将北京地域文化深植到了每个人的心中。

　　前门，老舍茶馆。

　　作为以人民艺术家老舍先生及其名剧命名的茶馆，老舍茶馆始建于二十世纪八十年代，环境古香古色、清幽雅致。特别是门前的两毛钱茶摊，更是坚持了许多年，如今已经成为北京一道亮丽的风景线。

　　三楼此时正进行着传统曲艺表演，在来自天南地北的茶客注视下，赵凌薇用鼓曲生动地介绍着北京中轴线的历史由来。一曲终了，掌声瞬间连成一片。

　　"接下来是观众互动环节。"主持人拿着话筒，缓步上台说道，"有没有朋友想向赵老师提问的？"

　　人群中，一个六七岁的小男孩立刻将手举高，在听到主持人点

亲爱的小孩

名后，迫不及待地问道：

"老师，您为什么想要唱大鼓？有没有想过做其他的？"

台下的观众听到问话立刻交头接耳，小声地议论起来。

赵凌薇微微一笑："你这个问题很好，我之前确实有想过做别的。"

听到这句话，下面的人议论声更大了。

赵凌薇等到全场安静下来，又继续说道："当时我的师父为了让我继续唱大鼓书，和团长一起设下计谋，通过缴纳赔偿的方式将我留了下来。虽然刚开始心里很难过，但最终还是渐渐明白了他们的做法是对的。因为一个人最快乐的就是能够做自己热爱的事情，并且愿意为之坚持下去，这也或许就是守护的意义。"

在听到台下的掌声后，赵凌薇会心一笑。尽管时代在变，可只要心中有爱与信念，她就能过上想要的生活，用一辈子的时间坚守想要守护的东西。就像北京和中轴线一样，永远紧密相连。对于她来说，这样的人生最快乐。

面瓜也是鱼

一

宋泽民坐在澜沧江边，手里拿着钓竿，朦胧的月光照在他的脸上，半明半暗，使平时俊朗的脸平添了几分神秘。

大约五分钟后，钓竿陡然一沉，应该是有家伙上钩了。果不其然，随着他猛然收竿，一条长约一米，浑身金黄的鱼猝然掉落到了宋泽民身旁的地上。

"老宋，有鱼上钩了？"黑暗中，有人低声问道。

"面瓜。"

那人嘿嘿地笑了几声，说道："还是老宋的运气好，只要想钓，坐下没多久就有鱼上钩。"

宋泽民微微一笑，作为公交车乘务员，他对钓鱼的兴致向来并没有那么浓，顶多在夜里睡不着的时候消磨下时间。说来也奇怪，越是无欲无求，反倒越会有意外收获，这或许就是命运。

带着新钓上来的猎物，宋泽民开车回到了位于市中心的家里。西双版纳城市虽然不大，但由于家离江边较远，因此一路上紧赶慢赶，最后还是用了一个小时才到小区。

将车子停到地下停车场，宋泽民提着水桶乘坐电梯来到位于十六楼的家门前。随着智能锁发出提示音，门被缓缓打开。他蹑手蹑脚走进客厅。顺着门缝看到点点仍在次卧的床上睡着，这才舒了口气，换好衣服，悄悄走进了厨房。

把鱼从桶里抓出来，打开水龙头，拿着剪子小心翼翼地开始刮鱼鳞。

面瓜是澜沧江的土著鱼，学名巨𩷕。作为江里的顶级掠食者，最长的可以达到三米，几百斤重。

此时，盆里的鱼还没有死透，每刮一剪子鱼身都会剧烈地痉挛一下，似乎在做临死前的拼命挣扎，这让宋泽民心里不知不觉充满了自责。尽管这样，他仍机械地继续着手中动作，直到胃中忽然反酸，跑到卫生间里弯腰朝着马桶大声干呕。

"宋爸爸，你怎么了？"

点点不知什么时候来到了他身后，一脸的关切。

"我没事。"尽管脸色惨白，宋泽民的唇边仍泛起一丝笑容，起身安慰道，"你再睡会儿，等饭好了叫你。"

点点懂事地点了点头："宋爸爸，我去给你找药。"

"不用。"宋泽民疼爱地摸了摸孩子的头，"我坐会儿就好，你要是睡不着，就帮我倒杯水吧。"

点点应了一声，扶着宋泽民来到饭桌前坐好，拿杯子倒了杯烧好的山泉水，递给了他。

宋泽民目不转睛地看着点点熟练的动作，心中很是感慨。三年前，如果没有那件事发生，这个孩子应该还有完整的家，像其他孩子那样，一手牵着爸爸，一手牵着妈妈，该有多幸福！而他应该也已经在东北娶妻生子，过上稳定的生活了，可惜的是，这世界上没有如果，就像人生不能重来。

想到这里，宋泽民的心再次隐隐作痛。

"宋爸爸……"点点见宋泽民一个劲儿地盯着自己看，却不说话，好奇地问道，"你怎么了？"

宋泽民摇了摇头："没什么，宋爸爸只是觉得上天对我不薄，把这么可爱的你带到了我的身边。好了，时间不早了，一会儿还得去幼儿园，赶快吃饭吧。"

说着，宋泽民起身走进了厨房。作为一个单身男人，经过不断提升，他的厨艺已经算得上炉火纯青。尤其在有了这个孩子后，为了方便照顾，更是报名参加了烹饪班。在老师的指导下，不仅成功地考取了面点师证书，做菜也更加好吃，烹煮煎炸样样精通，即使开饭店也是得心应手。

吃过早饭，在将点点送到幼儿园后，宋泽民来到了 3 路公交车队办公室。按照上级要求，每次出车和回来，售票员都要在本子上签字。等到月底时，再由专人统计出车次数，折合成下个月的工资统一发放。

宋泽民正低头写字，就看到队长吴建匆匆从外面走了进来，身后还跟着一个二十多岁的年轻人。

"老宋，你在啊，我刚好有事。"

宋泽民放下手里的笔，直起身子看着吴建。

吴建用手一指身后的年轻人："这是李冬，今年刚大学毕业，是咱们车队新招聘的售票员。你是老人，年年都是先进工作者，现在不是时兴以老带新嘛，你就做他的师父吧。"

宋泽民搓了搓手，一脸的局促。他前两天就听说了车队招新人的事情，只是没想到领导会将这么重要的任务交给自己，心里难免紧张。

"谢谢队长，我虽说长年跑车，可从来没当过师父，更没带过大学生，你确定我能行？"

没等吴建说话，李冬就在一旁接过话头，兴奋地说："听口音，宋师傅是东北人吧？我是吉林的。"

东北有句老话叫出了山海关都是一家人，何况又是在这么远的地方。宋泽民尽管性格内敛，可听到对方自报家门也不免激动起来。

"是吗，没想到这么巧，我是黑龙江的。"

"行了，既然都是老乡，那还有啥好说的。"吴建说到这儿，拍了拍李冬的肩膀，"小伙子，跟着宋师傅好好干，我看好你。"

就这样，宋泽民成了李冬的师父，曾经独来独往的生活也由此改变。

二

宋泽民自打收了李冬这个徒弟，工作和生活的确轻松了不少。尽管是大学毕业，李冬却不像有些人那样干活怕苦怕累，只想找轻巧活干。他不仅性格活泼开朗，头脑也非常灵活。师父只要教一遍，就能举一反三。不仅如此，天天还总是师父长师父短围着他转。

功夫不负有心人，没多久李冬就被宋泽民当成了亲人，主动邀请到家中做客。

幼儿园门前，李冬陪着宋泽民等待放学。少顷，随着一阵铃声响起，孩子们像小燕子一样从里面跑了出来。宋泽民一眼就看到了人群中背着书包的点点，笑着迎上前来，将其抱在怀中。

"叫李叔叔。"来到李冬面前，宋泽民笑着对点点说道。

点点听爸爸这样说，奶声奶气地打着招呼道："李叔叔好。"

"点点好。"李冬笑着从兜里掏出了一百块钱，塞进了孩子的手里，"这钱你拿好，回头买好吃的。"

"李冬，你这是干吗？"宋泽民对点点说道，"点点，爸爸可以给你买好吃的，赶快把钱还给叔叔。"

李冬见点点又将钱递到自己面前，不免急躁起来，生气地说道："师父，这钱是我给孩子的，送人的东西哪有收回来的，你快让她拿着。"

宋泽民见犟不过李冬，也只能无奈地叹了口气，让点点将钱放进了书包。

当晚宋泽民做了很多好吃的。除了剩下的面瓜鱼，还特意炒了几道东北口味的菜，就连酒也特意换上了延边风味的清酒。

酒足饭饱，趁着孩子在客厅玩游戏，二人到阳台边抽烟边聊天。

"师父，我以前几乎每天都听你提起点点，一直以为孩子是被师娘带着。"李冬感慨地说道，"想不到你竟然是单身父亲，实在太不容易了。"

宋泽民低着头犹豫了一会儿，说道："点点其实不是我的孩子。"

"不是？"

"对。"宋泽民再次纠结了一会儿说道，"他爸爸是我的好兄弟，以前是做警察的。三年前，在一次执行任务的时候牺牲了。他的妈妈由于丈夫一心扑在工作上，导致夫妻俩感情破裂，一天早晨悄悄离家出走，再也没有消息。"

李冬一怔，惊讶地说道："想不到这么小的孩子身世居然这么坎坷。"

宋泽民应了一声："他爸爸的名字不知道你当年有没有在媒体上看到过，叫孙立。"

孙立……？！

李冬的身子一颤，一脸惊愕地看着宋泽民。三年前的"1·6"命案发生后就震惊了全国，齐市公安局刑警大队副队长孙立因在追凶途中牺牲成为英雄。这件事如今虽说早已过去，可当旧话重提，记忆中的一切又一次鲜活。

三年前，小年。

由于还有七天就是春节，此刻齐市笼罩在浓浓的喜庆气氛中。在这座位于黑龙江西部的城市中，处处张灯结彩，人人喜气洋洋，家家户户都在为办年忙碌着。

幸福里小区三栋亦不例外，此刻大门两侧悬挂着红灯笼，门上贴着红红的对联。

少顷，一辆黑色奥迪车由远及近驶来，最后在楼门前的空地上停下。车门打开，身着皮大衣的周贺抱着四岁的儿子天天从车上下来。

作为市建筑设计院的工程师，尽管只有三十八岁，周贺却已经参与了齐市很多知名楼盘的设计。不仅事业成功，还拥有幸福的家庭，妻子黄娟娟在小学教音乐，儿子天天上幼儿园中班。

这天一家三口原本想带着礼物到奶奶家拜年的，然而早晨起来黄娟娟忽然发烧，所以最后只能由父子俩做代表送礼物。

　　常言道，老儿子大孙子，老太太的命根子。看到儿子和孙子来拜年，周家老两口非常高兴，特意做了许多好吃的，热情招待晚辈。如果不是考虑到儿媳生病，甚至还要留下过夜。

　　从姑奶家回来，父子俩边聊天边坐电梯回到了位于 23 楼的家门前，在走廊微弱灯光的照射下，周贺从衣服口袋里掏出钥匙将门打开。

　　"天天，轻一点，不要吵到妈妈。"

　　周贺悉心地叮嘱儿子，带着孩子来到客厅。

　　由于没有开灯，客厅里一片漆黑。周贺轻声唤了两声妻子的名字，见没人应，猜想妻子定是还在睡觉，便带儿子到卫生间洗漱，在将其送到次卧后，他回到主卧。

　　刚一推门，周贺便闻到了浓浓的血腥味。迅速开灯，瞬间惊呆在原地。

　　只见妻子黄娟娟仰面朝天倒在血泊中，胸口插着一把刀，身体冰凉，早已没有了呼吸。双眼紧紧地盯着天花板，目光中满是委屈与不甘。

　　瘫坐在地上许久，周贺终于反应了过来，拨打了报警电话。

　　由于案发在春节期间，案情又这般恶劣，消息瞬间不胫而走，引发了社会广泛关注。为了尽快平息舆论，还死者公道，市公安局迅速成立了由刑警队副队长孙立为首的重案小组。然而，经过法医和专家勘察现场，除了一枚模糊的大拇指指纹，再无其他发现。就这样，案子成了悬案。

　　面对复杂的案情，孙立自是不肯罢休。毕业于省城公安大学的他从进入刑警队的那一天便将守护市民平安作为自己最重要的使命，发誓绝不放掉任何一个嫌疑人。如今案子就这样悬在那里，他的内心十分焦灼。

就这样，通过不断进行 DNA 检验，查找市民登记信息，孙立最终锁定了一个名叫李维的出租车司机，并根据线索找到了其位于碾子山区的老家。让人意想不到的是，就在追缉凶手的途中，刹车设备忽然失灵，连人带车坠入了山谷。车子瞬间起火，再无生还可能。

"这个案子实在太重大了，孙立早就预感到自己可能会出事，所以在去山区前将孩子托付给了我。"

阳台上，宋泽民重重地吸了口烟，皱着眉头说道。

"他们两口子感情一直不好，孙立担心如果自己死了孩子她妈不肯接回孩子，这才作出了决定。果然，就像他想的那样，三年来对方一个电话也没有。"

正说着，就听到点点说要去厕所，宋泽民应了一声便去照顾孩子了。

三

听着从卫生间里传来的说话声和水声，李冬陷入了沉思。

如果说情感是两个人日积月累相处，婚姻则是两个家庭年复一年地共同付出。

黄娟娟去世后，周家就一直笼罩在一片愁云惨雾中。周贺作为单身父亲，独自苦苦拉扯孩子，事业方面一落千丈。黄娟娟的父亲因为无法承受女儿去世的事情，突发脑溢血，虽经紧急抢救挽回了一条命，如今却也卧床不起。一个好端端的家庭，就这样被活生生地拆散了。

想到这里，李冬叹了口气。尽管动作细微，却仍被恰巧迎面走来的宋泽民给看到了。

"年纪轻轻的叹什么气？"

宋泽民在李冬身旁站定，从烟盒里抽出一支烟，递给了对方，随后又将一根烟叼在嘴里，用打火机分别将两根烟点燃。

在这个过程中，李冬惊讶地发现宋泽民的右手大拇指上半截残缺了。

"师父，您这手……"

宋泽民抬起手来看了一下，苦笑着说道："我没跟你说过，年轻时曾在老家做车工。有一天晚上值夜班，实在太困了，干着干着就睡了过去，手指就这么没了。虽然难看了些，好在不碍事，对工作和生活没有影响。"

李冬点了点头，安慰道："师父，想不到您的经历竟然这样坎坷。不过现在有了点点，也算是苦尽甘来了。"

宋泽民狠狠地吸了口烟，像是自言自语："是啊，可有的时候生活太幸福也会让人恍惚，就像是偷来的一样。"

见李冬诧异地看着自己，他又尴尬地笑了笑。

"你看，我跟你说这些没用的干吗？时间不早了，还是早点休息吧，明天还得早起。"

李冬说了声好，在宋泽民的安排下，去主卧睡觉。

虽说躺下了，他却始终无法入眠，只是在床上辗转翻身，大脑也越来越清醒。直到次日一早宋泽民起来做早饭，仍没有任何困意。

四

李冬忽然消失了，就像是从没有出现过一样。宋泽民问遍了所有的人，却始终没有消息，只能将疑惑和挂念放在心里。

热带的风阵阵吹着，一转眼就到了冬天。和冰雪覆盖的齐市不同，西双版纳的冬天像春天般温暖，除了半个月的雨季，其他时间都是风和日丽的艳阳天。

和半年前相比，如今点点不仅个头长高了，也更加懂事，这让宋泽民很欣慰，更加用心地调理伙食。更多的时候，他则像过去一样，独自趁着黑夜到江边钓鱼，消磨无聊的时间。

这天早晨，宋泽民刚到车队办公室，正在签字，忽然看到吴建带着两个陌生男子走了进来。

"老宋，这两名警官是从东北来的，有件案子需要配合。队里给你放半天假，跟他们走一趟吧。"

宋泽民看了一眼吴建，后又将视线移向了那两名警察。见其中一人从上衣口袋里掏出警官证，便点了点头，说了声好。

公安局审讯室，宋泽民坐在椅子上，配合两名警察正做笔录。

"宋泽民，不，李维，说说吧，你为什么要杀黄娟娟？"

宋泽民愕然地看着警察，似乎不明白对方说什么。见他不说话，其中年纪稍大的警察冷哼一声道：

"李维，若要人不知除非己莫为。你不要以为当年侥幸逃脱，我们就再也抓不到你？你那半截残指不就是证明？说吧，黄娟娟与你无冤无仇，为什么要害她？"

宋泽民摇了摇头，茫然地说道："警官，我不知道你在说什么，我为什么要害黄娟娟？李维又是谁？"

年轻警察用力地拍了一下桌子，蓦地起身用手指着宋泽民说道：

"李维，你不要以为你改了名字，就可以蒙混过关。告诉你，法律是不会冤枉任何人的，你自己好好想想吧。"

说完，两名警察走出审讯室，门在他们的身后被重重关上。

宋泽民抬头看着天花板，只见那里有一道微光从外面折射了进来，似乎穿过现在回到了从前，那个他刻意回避的地方。沉默半响，他忽然哑着嗓子对门口的人说道：

"想要我说的话，那就叫李冬来吧。"

时间不长，只听走廊里传来一阵走路的声响，门被人从外面推开，头戴警帽、身着警服的李冬出现在了宋泽民的面前。

宋泽民笑了笑："我知道你会来。"

李冬从衣兜里掏出一支烟，点燃递给了宋泽民，随后又点燃一支，叼进了自己的嘴里。

"师父，你怎么知道我是警察？"

宋泽民摇了摇头："我原先也没有想到，只是刚刚的警察说我有半截残指。这件事除了你，其他人都不知道，所以也就猜出来了。"

"果然还是师父厉害。"李冬笑了笑，"不瞒你说，如今我们已经拿到了最新的生物鉴定报告，确定你就是李维。即使这样，我还是希望你能够说出真相，给自己一次宽大处理的机会。"

"为什么？"宋泽民自嘲一笑，"难不成在你眼里，我是好人？"

李冬迟疑了一下，说道："你是好人，只是曾经做过错事。虽然是这样，可我还是希望你以后能够继续做好人。"

"谢谢。"宋泽民一怔，感激地说道。随后，他的唇边泛起一丝苦笑，"李冬，你知道吗？这些年，我拼命地做好人，所有的人都说我很好，我也以为自己是好人，到头来却还是逃不过命运的审判。"

"可这并不是一个人拒绝改过自新的理由。"李冬坚定地说，"尽管逝去的生命无法重来，可如果趁着还有机会弥补，那不也可以减少心中的遗憾？"

宋泽民的脸上现出震惊的神情，李冬的话重燃了他认错的勇气，同时也让内心更加自责。

少顷，随着手里的烟熄灭，李冬又为对方点燃了一根，狠狠吸了一口。宋泽民低着头，声音低沉地说道：

"四年前，我妻子被医生诊断为骨癌晚期。她从小生活优渥，为人阳光，无论遇到多大的事都是微笑面对。由于我们两家条件悬殊，原本不可能在一起，因此尽管我很早就爱上了她，最初却一直逃避。没想到她居然为了和我在一起，被父亲逐出家门，一道过上了苦日子。尽管生活清苦，但因为相爱，最初也很幸福。想不到正当生活渐渐转好，她却得了绝症被命运判了死刑。得到消息，我心里真的很乱，甚至一度想和她一道去死。可当渐渐冷静后，却又发现这种想法是多么可笑，作为她的男人，我必须要用尽一切留住生命中的阳光，即使坠落黑暗的深渊，也由我一人来背负这罪孽。"

"所以……"李冬看着宋泽民，直言问道，"这就是你杀人的理由？"

"不是的。"宋泽民摇了摇头，"我刚开始并没有想杀人。那天黄娟娟在医院门口打了我的出租车，在车上，我们一直聊着天，她和我妻子一样也很爱笑，这样的人我怎么可能想杀害？甚至当知道黄娟娟身体不舒服，我还特意将车子开到了她家楼下。黄娟娟下车后，我收到了医院的催缴费通知，尽管已经进行了部分减免，可还需要缴纳八万块钱。你要知道，在那之前，我已经把家里所有值钱的东西连同房子都抵押给了银行，然后将四十万全部交到了医院。实在拿不出这八万块钱，所以才稀里糊涂地做了错事。"

宋泽民说话的时候，李冬一直看着他的眼睛。透过目光，能够明显感受到其内心的痛苦和矛盾。

出于刑警的敏锐度，他知道对方说的是真的，不觉在心中叹息。

就这样，医院的缴费单成了压垮骆驼的最后一根稻草。为了延续妻子的生命，宋泽民将车子停在黄娟娟家楼门前的空地上，随后到小区外面的超市买了水果刀和帽子口罩，阴差阳错遇到了来给黄娟娟送饭的外卖小哥，用刀子威胁着对方脱下了外卖制服，成功进到了黄娟娟家里。

"如果那天黄娟娟没有在拼命撕扯的过程中摘掉我的口罩，她就不会死了。"

宋泽民叹了口气，火光照着他的脸忽明忽暗，像是那晚江边的景象。

"只可惜没有如果……"

杀人后，宋泽民以最快的速度到医院带走了妻子，继而便隐姓埋名躲到了山区。尽管在那之后尝试了许多保守的治疗方法，可由于医治不及时，妻子还是抱憾而逝。

就这样，因为一次冲动，毁掉了三个家庭。

"孙立在追击我的过程中，由于车子突然失灵坠入了山谷。"宋泽民沉默半晌，又继续说道，"听说点点没人抚养，我就把孩子带到了这里，原以为可以重新做个好人，让孩子过上正常的生活，却没想到兜兜转转了一圈，结果还是一样，你说我当初为啥要杀黄娟娟？"

说到这里，宋泽民抬头看向李冬，似乎想从对方那里得到答案。然而到头来，终究还是失望。他无力地垂下头，再也没有抬起，屋里只剩下死一般的寂静。

在云南警方的协助下，"1·6"命案终于在案发后三年成功破获。与此同时，案犯的落网也引起了社会的广泛关注与热议。

数日后，齐市城郊监狱，身着囚犯服，脚上戴着铁镣的宋泽民在两名狱警的押解下来到探监室，接受李冬的探望。

"师父……"李冬看着日渐憔悴的宋泽民，心疼地说道，"你要好好照顾自己，我以后只要有空每周都会来看你。放心吧，点点先在我家，等你以后出狱，你们还会一道生活。"

说着，他从衣兜里掏出了一张纸，展开后贴在了间隔玻璃上：

"点点知道我来看你，昨天特意画了这幅画，要我送给你。"

画上的父子手拉着手，旁边还有一条金黄色的鱼，和之前在澜沧江里钓的面瓜很像。

记得以前孩子总是记不住面瓜鱼的名字，时不时就会叫错。虽然教过好多次，可还是学不会。

回想过去，宋泽民的目光瞬间湿润，嘴唇一直哆嗦，却仍说不出一个字。

"师父……"李冬等了一会儿，见对方一直不说话，催促道，"你有没有话带给他。"

宋泽民点了点头，恳切地说："李冬，你一定要帮我好好照顾点点。告诉她，面瓜也是鱼。"